U0501016

雅众
elegance

智性阅读
诗意创造

盈边
安德烈·布勒东诗选

Pleine Marge
Choix de poèmes
André Breton

[法] 安德烈·布勒东　著
唐珺　译

北京联合出版公司
Beijing United Publishing Co.,Ltd.

雅众文化 出品

目 录

i

虔诚山（1919）

式样

依恋，将遐想中的刺绣塔夫绸

洒满你

除了那片孤芳自赏的金光闪色处。

七月，发狂的

目击者，至少别把这本

女孩子的旧小说也拟就一宗罪！

让人欲罢不能的

女孩们

被浸湿了（年复一年，渗入遗忘的遮帘）

吸食甜甜的激流时，断裂

——何等举动筑起你别样的欲乐？——

一个未来，崩裂的巴达维亚宫廷。

把爱

划入虚妄的香膏，难道人们不是从

一个深底

典借了

无动于衷吗，不止几个小时可是，足以月计吗？她们

纺着亚麻：直至无尽永远！——扑灭的香气

依旧眼红了这个春天，

我的小姐们。

岁

黎明，永别！我从鬼魅的树林出来；迎上歧路，迎上酷热的十字架。一片祝福的树叶遗漏了我。八月如一口石磨¹般毫发无伤。

留下目力所及的全景，呷尽空间，机械地排空这些烟雾。

我要择一处岌岌可危的墙：如有必要，跨过黄杨木。发烫的秋海棠在地盘上咕咕哒哒，那便整理。起飞时卷起了裙边的雨燕，交会得多么优雅！

该去哪里寻她，从喷泉寻起吗？我误信了她的珠链……

香豌豆前的双眼。

*

衬衫已凝结在椅子上。只要一顶丝绸礼帽我便别无所求。男人啊……一面镜子剥去我的衣裳为你雪耻。是那回魂一刻令我的肉身不前。

一栋栋房子里，我摆脱了干燥的四壁。我们摇撼着！²

1　原文 une meule，也有一堆干草垛的意思。

2　应为双关，原文 On secoue 发音接近 au secours，为"救命"之意。

5

一张被王权戏弄的柔榻。

去迫上层层阶梯的压倒性诗意。

1916 年 2 月 19 日

松鸡们

松鸡们[1]……这卖俏

是险恶

还是发带[2]染了紫李的颜色？

哦！尤其是

揉皱一只炽热的绒革手套后

她又浇出了那么

溺爱的孟加拉之火！

在蒂罗尔[3]，树林变黑时，它的整个

存在，让位于一种

可敬的

命运，至多还能，从琳琅万象的石印画中逼出

我的

悔恨：她的生硬，那些病邪，

---

1 松鸡，是鸡形目雉科松鸡属鸟类，羽毛鲜艳。

2 上世纪二十年代流行的一种头束带，属于一种发饰，通常缀有珠宝或羽毛。

3 蒂罗尔，横亘奥地利西部与意大利北部的阿尔卑斯山脉的一个区域。

还有我为何要挣脱她信中的旱金莲[1]。

1　推测此处有语音游戏，capucine 在法语中有旱金莲的意思，同时 capucins de cartes 是一种儿童游戏，把纸片竖立排好，推动最后一张，纸片依次倒下，类似多米诺骨牌。

安德烈·德兰 [1]

唱吧——金丝雀——诗人的餐柜和生锅。

听它从铜锈化为光润；

入夜

一朵金雀花的折角引诱了你。

我们去吧！

当一座积雪的奥林匹斯洒餐之时

它会怨恨

它的奇光异彩吗? ——苹果树。——

　　　　　　　　　女信徒

出神地捧着

一口口冰似的蓝襁褓，

那是发惬的人类

还有你这长子：天使！

——苍穹下。

你的树叶，你精美的屋顶，

白玫瑰与融化的烟雾之间！——多么柔钝

1　安德烈·德兰（André Derain，1880—1954），二十世纪初期的法国画家。德兰是当时艺术革命的先驱之一，他和亨利·马蒂斯一起创建了野兽派。

那里，顺着我的手指

流入了一种味道——五月！——就连植茎或

埃及舞女

褶皱的长裤，

也来把这酸涩蔓延到我的全部？

多像一顶小丑的尖帽

（还有你浆过的头饰）

叫作：不寒而栗

蓝色大理石的树枝。我的妹妹，还有那些以**冷**结尾的

　　名字

啊！再多点这温厚的雾。

黑森林 [1]

             界外

是幼嫩的蒴果   之类   如甜瓜

圣戈班夫人发觉她独自一人的时间太长

一根肋骨褪色了

        咒语的地貌

    是   没有百叶窗的   白山墙

瀑布重重 [2]

     拉橇工们 [3] 备受青睐

           它在吹

   乳品店的风   是多益的风

1　兰波说。——原注（本书注解除特别标明为原注的，均为译注。）

2　推测有双关，cascade 一词也指"品行不端"（备受青睐的拉橇工们）。

3　指那些通过雪橇搬运砍伐的木材的工人。

天使守护旅店[1]的老板

去年还是死去了

　　顺便一提

　　　　年轻的开普勒·黑格尔[2]

　　　和一个好同志

　　　从图宾根来见我

1　《天使守护旅店》（*L'Auberge de l'Ange Gardien*）是塞古尔伯爵
夫人于 1863 年写的一部儿童小说，出版于《悲惨世界》问世的第二
年。小说中，旅店的老板和她的姐妹在战争期间收养了名为"雅克"
和"保罗"的两名走失的小孩。这部小说被普遍认为有强烈的反战
色彩。
2　指毕业于图宾根大学的德国天文学家、数学家与占星家约翰尼
斯·开普勒（Johannes Kepler, 1571—1630）以及哲学家格奥尔格·威
廉·弗里德里希·黑格尔（Georg Wilhelm Friedrich Hegel, 1770—
1831）。两位相隔两个世纪的图宾根毕业生的姓氏被布勒东连为了
一个名字。

献给拉夫卡迪奥 [1]

大路　也就是　墨西哥湾流

即妈妈　即温床 [2]

我的情人

几乎接受了

那个让友人们自在的

爱称

　　　　　我们谈妥了

　　书记员

说着我的母语 [3]

　　亲爱的身体如今是这般无聊

殷勤的身体啊 [4]

1　此处推测是指小泉八云（Koizumi Yakumo, 1850—1904），爱尔兰裔日本作家，原名拉夫卡迪奥·赫恩（Lafcadio Hearn），他的人生异常漂泊动荡，一直在不同的国家之间跌宕辗转，随后他成为现代怪谈文学的鼻祖。

2　原文为 MAM，此处理解为 MaMa，但其实更符合 Madame 的缩写。VIVier 原本是"鱼塘""人才库"的意思，与 MAM 形成某种视觉对称。此处根据上下文翻译成了"温床"。

3　原文应有文字游戏：*parlez MA langue MAternelle*。

4　原文应有文字游戏：corps accort，法语发音接近于 corps à corps，即"短兵相接""白刃战"的意思。

我永远也赢不了那么多的战争

军人们

无论我有什么句子那辆慢车都

把它拖走 [1]

比让安德烈·布勒东

说下去

更有所值的是

个税收取者

在等待退休期间

醉心拼贴

---

[1] 原文应有语音游戏：上一句的 le lent train（慢车）与这句的 l'entrain（拖走），发音几乎相同。

V 先生

致保罗·瓦莱里[1]

在星形广场[2]

凯旋门

绝对不像一块磁铁,除了它的形状

我会为悬浮的花园

涂上银霜

摇篮曲

披着丝带斗篷的孩子

被大海胳肢的孩子[3]

益发茁壮的他

在一只珠光贝壳里凝视自己

眼睛的虹膜就是那枚

我曾说过的星星

---

1 保罗·瓦莱里(Paul Valéry,1871—1945),法国象征主义后期代表诗人、作家。布勒东早期开始写诗时把每一首诗都寄给他并寻求指教。
2 以凯旋门为中心的著名广场,呈放射状。该广场原名星形广场,1918年,为纪念"一战"胜利,改名为胜利广场,1941年,在德国统治之下改名为贝当广场,1944年9月1日,巴黎解放之后,为纪念夏尔·戴高乐为法国做出的巨大贡献,最终改名为戴高乐广场。
3 原文应有文字游戏:mer(大海)发音与 mère(妈妈)一样。

进行曲

皮埃尔也好保罗也罢 [1]

射杀诸位国王 [2] 他已整装待发

　　　今日如此旁人亦如此

与子同袍的

　　　革命之梦

　　　无法用艺术拟出

　　　这柄猎住蓝狐 [3] 的火器

1　推测是在说诗人皮埃尔·勒韦迪和保罗·瓦莱里。
2　原文应有双关：tirer les rois（射杀国王）符合后文"革命"之意，
而这个表述原本是指主显节吃国王饼，并在其中找到那个小瓷人的
习俗。
3　蓝色是法国国旗中表示自由的颜色，而狐狸代表一种狡猾、不易
得到的角色。

不牢靠的房子

工程守护者

是献身精神的牺牲品

附近街区的人们一直认为，烈士街上一栋大楼的修筑工事颇为不可理喻。屋顶还空空如也的时候，油漆工和地毯匠就已经在装饰公寓了。每天都是新打的脚手架在支撑着摇摇欲坠的外立面。让路人们不安的是，看守工程的人为它的安全作了保。唉！此人不得不为他的乐观主义付出生命的代价，因为昨天，就在中午十二点半，工人们去吃午饭的时候，大楼倒塌，把他埋在了瓦砾之下。

一个孩子，被人发现晕倒在灾难现场，没过多久就恢复了意识。这是 7 岁的小莱斯波尔 [1]，很快就被送回了他父母身边。他受到的惊吓多过伤害。他首先认领了他当时踩着冲下街头的那辆踏板车。男孩说，一个拿着棍子的人跑来对他大喊："闪开！"而他原本是想逃走来着，这就是他记得的一切。其余的我们都知道了。他的救命

1　原文应有语音游戏：Lespoir（莱斯波尔）发音与 l'espoir（希望）相同。

恩人，也就是大家熟知的纪尧姆·阿波利奈尔 [1]，估计已经 60 多岁了。他获得了一枚劳动奖章，而他的同伴们都对他赞不绝口。

　　我们何时才能解开这个谜团？目前为止，众人一直在寻找这栋危楼的承包商和建筑师，但这全都是徒劳。群情激愤难当。

1　此处应该是布勒东对阿波利奈尔年迈之日的奇想，因为后者去世于这篇短文写作之前的 1918 年，年仅 38 岁。

谜样的胸衣

我美丽的女读者们，

因为要看到它**所有的颜色**
所有的华丽地图，威尼斯，打上了灿烂光效

从前我房间的家具们被牢牢固定
在墙上，而我死死扣着它们写下：
我是一名出色的水手

我们加入了某种多愁善感的**旅游**
俱乐部

一 座 代 替 了 脑 袋 的 城 堡
同样也是一座**慈善的集市**
老少皆宜的游戏；
诗意的游戏，等等。

我握着巴黎仿佛——在为你揭开未来的面纱——
你张开的手

绰约的腰身

磁场（1921）

工厂

铁路与水库的伟大传奇，牲口上轭的疲倦，的确俘获了一些人心。这些掌握了传动带的逻辑的人：对他们而言，喘息的节律已经结束了，没有人会否认，工伤事故都要比纯理智的婚姻更美丽。只不过，老板的女儿偶尔也会穿过工厂大院。摆脱一块油渍比摆脱一片落叶更容易；至少手不会颤抖。在与制造车间和装饰车间等距的地方，监控镜在险恶地玩弄用人之术。

蜜月

互相倾慕的因由是什么？嫉妒之中，一些总要比另一些更令人更触动。一个女人和一本书敌对了起来，我甘愿在这敌对的幽暗处散步。太阳穴上的手指不是左轮手枪的枪管。我想我们听到了彼此的思忖，但在整个新婚的时候，在我们的相互拒绝中，那个最骄傲的"什么也不为"[1]的企图，是不必说出口的。事物假使比星星更低，便什么没有可堪凝视的。在任何火车上，靠着车门都是危险的。海湾上，一个个车站珠贯棋布，清楚无疑。在人眼看来，大海永远不会像天寰那样美丽，因为天寰不会丢开我们。在眼根深处，面向未来的亲切计算销沉了，正如狱墙上的那些计算一样。

---

1 原文为 À rien，有比分挂零的意思。因此也可理解为"无意识的零"或"无意识的徒然"。

地光（1923）

大地在天国闪耀，仿佛群星中的一轮庞大恒星。

我们的地球在月球投下强烈的地光。

"天国"

造福诸众的新天文学。

瘪皱的爱

　　当窗棂成为豺狼之眼，欲望蚀透黎明，丝绸绞盘把我吊上郊区的人行道。我便召唤一个在金色小屋做梦的女孩；她来与我坐在成堆的黑色苔藓上，向我献上她的嘴唇，那是湍流河床上的石头。一个个晦暗的预感从大厦的台阶下来。当猎人们在潮湿的土地上一瘸一拐的时候，上上之策是逃离那些床柱。如果你在街道的波光中洗澡，童年就会回到故乡，那只灰色的猎兔狗。在被遗忘的巨名的阴影中，人类在空中寻找猎物，果实在铺了粉纸的筛架上风干。喜悦与痛楚在都市里四溢。黄金和桉树以同样的气味，向梦攻去了。在马嚼和内陷的火绒草之间，容纳着一条条隐秘的地道，样子就像是调香师的那些软木塞。

沙丘上的地图

致朱塞培·翁加雷蒂[1]

　　空心的花朵与突出的颧骨，它们的时刻表请我们离开火山盐池，因为鸟儿们要在这里洗浴。一年里所有的日子都摆在一张夯实的红色餐巾上。空气不那么洁净了，道路也不像驰名的号角声那样阔大了。在一辆涂满诗行的手提箱里，我们卷走了易腐的夜晚，那是人们在一张祷凳上安放膝盖的地方。祭台上，一些小小的自行车浮雕旋转着。鱼的耳瓣，比忍冬的分叉还要多，它们听见了蓝色的油珠滴落。重荷消失在了斗篷的帷幕里，就在这些闪闪发亮的斗篷之间，我认出了一个来自我血的人[2]。

1　朱塞培·翁加雷蒂（Giuseppe Ungaretti, 1888—1970），意大利隐逸派诗歌的代表，他 1912 年来到巴黎，与法国象征派文人结识，深受马拉美等人影响。
2　原文为 un homme issu de mon sang，直译意思应是"和我同族的人"。

牢不可破的网

致加拉·艾吕雅[1]

巡逻队在宿舍里履行着他们寻常的戏法。晚间，两扇五颜六色的窗户半开着。第一扇窗户把恶习输入两道黑色的眉毛，年轻的女忏悔者便对另一扇窗户欠下她们的腰。任何事都难以惊扰那些沉睡的可爱窗框。人们看到了躲在热水手笼里的那些手。当枕头飘浮在比现实还要露骨的寂静之上时，空荡荡的大床上，荆棘渐渐纠缠不宁。午夜的地下房间，朝着一对对双胞胎主演的剧院方向星射而去。花园里堆满了镀镍的邮票。每块石头下面都不是蜥蜴，是一封信。

---

1 原名爱莲娜·伊万诺瓦·迪亚克诺瓦（Elena Ivanovna Diakonova，1894—1982），诗人，此时为艾吕雅的妻子，后改嫁达利，以加拉·艾略华特·达利的名字生活。

这也是一座苦狱……

致弗朗西斯·皮卡比亚[1]

这也是一座苦狱，它的金色裂口如同少女膝头的一本书

有时它紧紧合拢，在汹涌的浪尖上恐惧得要命

诸般谋杀之后，是长长的沉默

银币在岩石上干涸

渗透到一种美或理性的表象之下

与所有表象，与那些亲密无间的双手抗衡

人们在夜里看见

山峦滚落珠链

在这些刺青的部族精神之上，统治着这样一种哀怨的爱

让预言家在铁桥上自以为是地放声冷笑

手拉手穿过城市的小雕像们

是刻在方舟与拱门上的新事物

空气已削作一只钻石

好让那座圣母大雕像的梳子们下箆，它们被酒精或香精
  缠得目眩神迷

柔和的瀑布落地时芳香的轰鸣

1　弗朗西斯·皮卡比亚（Francis Picabia, 1879—1953），法国画家，巴黎和纽约达达运动的创始人与核心人物之一，推动了立体主义和观念艺术的发展。

约会

致 T. 弗莱恩克尔[1]

当暴雨被玻璃加箍，浑浊的盔甲反出电光，当那座山丘睁开比暹罗还要迷离的双眼，它的脚下便踏响无声的蹀步，小女孩，祖国的崇拜者，仿制了你的香气，在一股革命的白金空气中，你会撞见一个个学者如梦方醒。远处，那尊粉色雕像手里提了一个兜着的冒烟瓶，他回头望去，有古老的箧匠和杂耍艺人在游离。这是一座美丽的艺术家苦狱，叹息裹在夜幕的树林上，鞭打着蓝色的斑马，无休止地演着它们的戏！只有天蓝色线圈和电报机在路边形成的精奇束棒才能保障你的安全。那里，亵渎的光线之中，一对乳房在大露珠下闪光，被它们抛在无穷无尽的滑梯上的你，透过冰冷的竹林，会看到经过的汪达尔[2]王子。机运将在硫磺、镉、盐和孟加拉的四股风中燃烧起来。长着人头的毒蛾会一点点地闷死那些被诅咒的小丑，大灾难们也一塌糊涂地卷土重来，它们会消退在我送你的空底盘的戒指里，是后者要了你的命。

---

1 西奥多·弗莱恩克尔（Théodore Fraenkel, 1986—1964），法国作家、画家和医生，布勒东的同学和好友，他在 1918 年至 1932 年期间是达达主义者和超现实主义者。1932 年，他拒绝签署由超现实主义者们撰写的反对路易·阿拉贡的小册子，随后与布勒东断绝了一切联系。
2 汪达尔王国，一个曾以迦太基为首都的欧洲古王国，后被东罗马帝国所灭。

剥夺

身披一副米色斗篷，两根极乐鸟的羽毛代替了靴跟马刺，他腾策着骏马，在缎面的告示上大放异彩。而她，从她那高高挂在天空的骨缝中，传出一首光艳路离的圣餐曲。血淋淋的发动机里，最后的残余已被酸楂入侵：就在这时，第一批潜水员从天而降。气温突然变得软和，天使的头发，每个清晨都在我们的屋顶上微微颤抖。为了抗衡魔咒，这只靛蓝的小狗被黑色的玻璃螺管夹住了身子，为什么要这样呢？难道说这一次，对生命的挤压[1]就能触发极光中的一束，而这束光，便做成了末日审判的桌垫吗？

---

1 原文应有双关：[L'expression]pour la vie 本身有"永远"的意思，跟前面的 pour une fois（这一次）形成对照。因此也可理解为："难道说这一次，这永恒的表达就能触发极光中的一束，而这束光，就被做成末日审判的桌垫吗？"本文译为"对生命 [的挤压]"是考虑与上一句中夹住的小狗形成照应。

灰烬吸墨纸

致罗伯特·德斯诺斯 [1]

小鸟们会很烦的

如果我丢三落四

在海里敲响的放学的钟
被我们称作沉思的琉璃苣

从给出考试的答案开始
试问女人的手能握住多少眼泪
1. 尽可能少
2. 一只中等大小的手掌范围

当我把这份星光灿烂的报纸揉皱的时候
那些永恒的肉身们一劳永逸地占有了每个山巅
我如野人般住在沃克吕兹 [2] 的一所小房子里
心脏是封蜡的信

1　罗伯特·皮埃尔·德斯诺斯（Robert Pierre Desnos, 1900—1945），法国超现实主义诗人，诗作风趣幽默，后在抵抗运动中因为主办地下报纸被德军逮捕，并死于泰雷津集中营。
2　沃克吕兹省，法国东南部普罗旺斯阿尔卑斯蓝色海岸大区所辖的省份。

神灵注视下

致路易·阿拉贡[1]

"码头附近的午夜前瞬。

"如果一个蓬头散发的女人跟着你，别担心。

"那是天蓝色。你不必害怕天蓝。

"树上有一个金色的大花瓶。

"把小镇钟楼水乳交融的颜色

"作为你的参照点。慢慢来，

"记住了。咖啡色的热喷泉蕨草似的射向天空

"向你问好。"

       三个角上盖了一条鱼漆章的信纸

正从郊区的光下掠过

就像驯兽师的一面旗

              说到底

这美人，这被害者，我们如此言称的东西

就在那个街区，小金字塔状的木犀草

独独只为她撕开一朵白云恰如

一小袋怜悯

1　路易·阿拉贡（Louis Aragon，1897—1982），法国诗人、作家、政治活动家，弃医从文后成为超现实主义作家。后担任共产党文艺周刊《法兰西文艺报》的主编。

これ件后来的白色甲胄

忙于家事与俗务

比以往任何时候都要信手拈来，

那个听贝壳的孩子，本应该……

倒沉默了。

一场烈火业已分娩

它的腹中有本迷人的小说，关于斗篷

和细剑。

甲板上，与此同时，

阴户上露水摇晃。

这夜，——还有即将失掉的那些幻觉。

白人神父们这便从晚祷回来

巨钥悬在头颅之上。

这便是灰色的使者们；这便是他的信

或者他的嘴唇：我的心是向着上帝的咕咕[1]。

但就在她开口之际，只剩了一道墙

叩在墓上，如一页北风吻过的轻帆

永恒寻找着一块手表

码头附近的午夜前瞬。

1　coucou，是"你好"的意思。

不全失的乐园

致曼·雷[1]

岩鸡[2]穿过水晶

以冠的反复敲击掩护这滴露水

闪电那道迷人的铭文

打在废墟的麈上

沙子只是某个磷光闪闪的钟

用忘却的女人的双臂

宣告午夜

避难之点在平原上旋转

在天堂的一次次收敛与远去中定锚

就在这里

蓝色太阳穴和别墅的硬度浸入夜里摹出我的样子

头发啊头发

痛楚在咫尺处聚力

1　曼·雷（Man Ray，1890—1976），原名伊曼纽尔·拉德尼茨基（Emmanuel Radnitzky），美国达达和超现实主义艺术家。1921年来到巴黎工作。1922年，安德烈·布勒东宣布与达达主义决裂，他和大部分原属于达达主义的成员，如曼·雷、杜拉克等人组成了新的超现实主义群体。

2　原文的 coqs de roche 直译应为岩鸡。但 coqs de roche 和中文的"岩鸡"并非同一物种，事实上此处指一种色泽艳丽的"动冠伞鸟"，雄鸟有扁圆形的冠。

想要我们的唯它而已 [1]

1　这首诗很容易让人想到曼·雷的作品《易于毁坏之物》。这件作品的原型是一个木质立式钟摆，最初诞生于 1923 年。1932 年，曼·雷将失去的爱人李·米勒（Lee Miller）照片上的眼睛剪下来，安在钟摆的节拍器上，并附有以下说明："从一张曾经被爱过却不再被注视之人的照片上剪下这只眼睛。将眼睛固定在节拍器的摆杆上，调节重量以适应所需的节奏。使其持续摆动直到耐力的极限。用一把锤子瞄准，试着一击将之全部摧毁。"1957 年，反达达主义与超现实主义的激进学生们冲进展厅，按照这件作品的说明一枪打碎了它。事后，曼·雷将之复原，并重新命名为《坚不可摧之物》。

宁可这条命

致菲利普·苏波 [1]

比起那些没有厚度的棱镜宁可要这条命哪怕前者的颜色

　　更加纯一

与其遮掩此刻还不如让这些可怕的车子烧起冷火

比起这些熟烂的石头

宁可要这弹簧折刀的心

比起这呢喃的池塘

在天空和大地上同时讴歌的这白布

把我的额头和无尽的虚荣都连在一起的这婚礼赐福

　　　　　　　　我宁可就要这条命

宁可这条命已背上魔咒的幕布

和它逃跑的伤疤

宁可这条命宁可我墓上的这朵蔷薇花饰

在场的生命无非是在场本身

是一个声音在说你在那里吗而另一个声音回答你在那

　　里吗

唉我几乎不在那里

可是当我们造出让我们死去的游戏时

1　菲利普·苏波（Philippe Soupault，1897—1990），超现实主义诗歌的创始人之一，和布勒东合写了《磁场》。

39

我宁可顺从这条命

宁可这条命宁可是这脆弱不堪的童年

苦行僧身上飘走的丝带

好似世界的滑梯

只要女人的身体长得稍像太阳

那它就不过是片徒然的残骸

凝视着那条自始至终的轨迹或者

只不过是，在为你的一个手掌命名的可爱风暴面前闭起

　眼睛，便足以令你想到

　　　　　　宁可就要这条命

宁可这条坐在等待室的命

哪怕知道自己永远被拒之门外

宁可这条温泉旅馆的命

那里的服务纯粹由手环完成

宁可这条漫长而无力的命

当这些书在不刺眼的强光中合上

当他在彼岸得到自由和强力的时候是的

　　　　　　他宁可要这条命

宁可这条命只是个轻蔑的背景

生来就是为了衬出这张足够漂亮的脸蛋

就像它想要又恐惧的那副完美解毒剂

这条命这上帝的脂粉

这条命这空白的许可证

以及一个蓬阿穆松[1]这样的蚊蝇小镇

就像我已说过的那样

　　　　　　我宁可这样活着

1　蓬阿穆松，法国东部的一个小镇，人口稀少。

鹭鸶

致马塞尔·诺尔 [1]

要是今夜长出阳光便好了

要是歌剧的后景中两只镜面闪光的乳房

组成了无与伦比的活生生的爱字

要是林中路在山巅启裂

要是白鼬哀切地凝视着

红色布条蒙住双眼的牧师

数着囚车从苦狱回来

要是我拷打的河流发出的豪华回声

只把我的身体扔到巴黎的草地上就好了

但愿它不会在珠宝店里落下冰雹

那么至少春天不会再令我心惊肉跳

要是我曾作过天空之树的须根就好了

我多想化为风的甘蔗

要是他们为女人架个短梯 [2] 就好了

你将在卡鲁赛尔凯旋门下

看到一场沉默的越狱

要是快感被一个永恒的过客操纵就好了

1　马塞尔·诺尔（Marcel Noll），超现实主义团体成员，出生死亡日期以及详细信息已不可考。

2　原文中的 la courte échelle 指"人梯"，即用双手十指交叉把另一人举高，而不是实际的短梯。

如此，那些房间便只为这一座座回廊的紫色眼波犁过

为了让塞纳河的一条支流从清晨溜走，我愿破釜沉舟

无论如何，破晓都已失落

罚金来电只在办事厅的夜里传来

我不会因为它们的温柔逆来顺受

离开时我将烧掉一绺头发，那是炸弹的引线

它在巴黎下方掘开一条隧道

要是我的火车能开进这隧道便好了

向日葵 [1]

致皮埃尔·勒韦迪 [2]

那个于夏末穿过中央市场 [3] 的女游客

踮脚前行

绝望在空中翻滚它惊艳的大海芋

手提包里装着我梦寐以求的一小瓶食盐

除了上帝的教母无人尝过它的味道

在往来如梭的隘口

水雾般的麻木

扑向那条抽烟的狗 [4]

除了凶邪，他们看不到那个年轻女人的一切

我和暴躁的女大使，或是被我们称作思想的

黑幕上的白色曲线打交道

天真者的舞会如日中天

纸灯笼在栗树林中慢慢着火

无影的女士跪在兑换桥 [5] 上

1　原文中 Tournesol 也有"石蕊试纸"的意思。

2　皮埃尔·勒韦迪（Pierre Reverdy，1889—1960），二十世纪初法国著名诗人、超现实主义诗歌的先驱之一。

3　Les Halles，现名巴黎大堂，是法国巴黎的一个区域，位于第一区，此时的它是中央批发市场，于 1971 年拆除。

4　Au Chien qui fume（抽烟的狗）是巴黎一个著名的小餐厅，至今已有两百多年历史。

5　兑换桥（Pont-au-Change），法国巴黎跨越塞纳河的一座大桥，是十二世纪金融业的见证。

邮票上的吉心街[1]不复从前

一个个夜的承诺，求仁得仁

那些信鸽那些救济之吻

溶入美丽陌生女人的乳房

又从完美意义上的丧纱里激射而出

一座农场在巴黎中央兴旺

窗户冲着银河系

可是因为那些不速之客，现在已无人住在那里

要知道，初识要比故旧勤谨

与这女人相似的那些人似有游泳之感

他们的本质渗入了爱情

她把他们化进了心里

我不是任何一种感官之力的玩物

然而蟋蟀竟在灰烬的发梢歌唱

一天夜里，艾田·马赛[2]的雕像在旁边

给我使了一个串通的眼色

关于这个，安德烈·布勒东可曾说过

1　吉心街（Rue Gît-le-Cœur），包括它在内的文中一千地名都与
中央批发市场邻近。
2　艾田·马赛（Étienne Marcel，1315—1358），原巴黎商会会
长，领导了巴黎市民的武装起义，反对太子查理扩大三级议会权力。
1358 年，封建贵族围攻巴黎，艾田·马赛死于巷战。

45

拴起的太阳

致巴勃罗·毕加索 [1]

时代黑夜中这台伟大的白色冷冻机

令都市战栗

它只为自己清唱

另一个夜是歌的洼底

因为知道它做的事做得很好而哭泣

一天夜里我在火山值班

我无声地打开一间小屋的门，拜倒在这迟钝的足下

我觉得这屋子是如此之美如此的唯命是从

可它不过是一束暗淡的轮光

死人们经过的时候它靠在我身上

炖熟的红酒从未照亮过我们

我的女友与那些绕着北极之灯打转的光晕相去万里

在第一千个青春之际

我蛊惑了那枚闪光的鱼雷

眼前的绝处逢生，我们不顾一切地信了

正如某天我带走了我爱的女人

因为我们，就连周围的辉光也扬眉吐气

神采淋漓

---

1 二十世纪二十年代中期至三十年代初是毕加索创作的超现实主义时期，他与布勒东往来密切并相互影响。

一棵三叶草，我人为地加了第四片叶子

热浪掠过我

如坠落的鸟

影子下面有一盏灯灯盏下面有两只影子

吸烟者终于大功告成

他要与风光合一

他是伟大冷冻机的其中一丝战栗

吸管剪影

致马克斯·恩斯特[1]

给我些湿透的珠宝

两只马槽

一株木贼和女帽的颅模

然后原谅我

我没有时间呼吸

我是个咒语

太阳能的建筑把我拖来这里

现在除了自生自灭我已别无他求

请求求这标尺

它在我轰鸣的脑袋上紧握着拳头小跑

玻璃杯中睁开了一只黄色的眼睛

情感也睁开了

公主们却把这纯粹的空气紧抓不放

我需要傲慢

还有几枚扁平的水滴

来加热一锅发霉的花朵

楼梯脚下

1　马克斯·恩斯特（Max Ernst, 1891—1976），德裔法国画家、雕塑家，达达主义和超现实主义的灵魂人物。他在科隆参加了达达主义运动，1922年定居巴黎时加入超现实主义流派。

是神圣的思想与蓝天的方片星光

浴女们的表情如同一头死去的狼

请把我当作你的女友

火焰和雪貂的女友

你注视两次

抚平了你的伤痛

我的檀桨让你的头发唱歌

一触即发的声音通向海滩

乌贼黑的愤怒

以及盾章红的那一面

赝品 [1]

致本杰明·佩雷特 [2]

的波西米亚水晶花瓶

的尖叫花瓶

的尖叫花瓶

的水晶做的

花瓶

的波西米亚水晶花瓶

波西米亚

波西米亚

波西米亚水晶

波西米亚

波西米亚

波西米亚

米亚

米亚

1　推测这首诗的标题也是正文的一部分，与诗行的意思相接。布勒东于 1920 年写下这首诗，并于 1923 年发表在诗集《地光》中。这首诗首先试图用诗行产生图像的效果——一个花瓶的形状（阿波利奈尔就是一位著名的图像诗创作者，而且也是《图像诗》一书的作者。他有一首组合成埃菲尔铁塔造型的诗，是图像诗中的名作）。其次它似乎还模仿了儿童语音特点中的口吃，也许声音还变成了游荡的回声，让朗诵者更像是置身于一只花瓶当中了。

2　本杰明·佩雷特（Benjamin Péret, 1899—1959），法国诗人，巴黎达达主义者，法国超现实主义运动的创始人之一和核心成员。

对呀

波西米亚

的波波水晶花瓶

的波西米亚水晶花瓶

不就是你小时候吹的泡泡

你吹啊

你吹啊

米亚

米亚

你吹啊

当你还是个孩子

你会从波西米亚的水晶花瓶

吹到小时候的泡泡里

你吹啊

你吹啊

是的当你是个孩子的时候你会吹的啊

这就是整首诗的样子了

暂黎明

暂黎明

反射的短暂黎明

暂黎明

暂黎明

反射的短暂黎明

爬蛇窃贼

致雅尼娜

　　小玛丽刚才把要晾干的衣服挂在了院子的栏杆上。它是一连串日新月异的序幕：母亲的婚礼（漂亮的婚纱，一次施洗，小弟弟婴儿床上的挂帘朝着风被撕碎了）微笑，就像海岸岩石上的那些海鸥。这孩子像熄灭蜡烛一样吹断洗衣粉泡沫的霜花，以为这就是生命的迟缓。她不时地瞧着自己那双太红润的手，然后自己翻倒在了小木桶里，腰带上别着一朵银莲花。天快黑了。海图的精确几乎不再重要；那么多的甲板拖着赭色烟雾般的丝巾与告别。在覆盖着火花乳汁的"罩衫"上，心不在焉的怠惰、爱的风暴和成群结队的忧虑的虫子依次流过。玛丽知道，她的母亲神不守舍：比梦里还要想入非非的一个个白天，她笑中带泪地咬着项链。她还记得自己曾经多美吗？这个地带最古老的居民们担心屋顶工会回到城里，他们宁可在家里下雨。可是这面天空呢！当那个年轻女人把手臂举过脑袋，说别管我的时候，它幻觉的蜂巢已被注满一种奇怪的毒药。女人要喝火山里的牛奶，而我们给她带了矿泉水。她双手合十，然后拿起一张比玻璃瓶的光线还要绿的纸来写字。我们在肩膀下聆听教诲（天使不会行差踏错，祂们循着她不再戴的那支羽毛的轨迹款款而来）："我的小玛丽[1]，总有一天你会知道，是哪一种牺牲已在耗尽的旦夕，我不再多言了。去吧，我的小女孩，开心点。我那孩子的眼眸是最柔和的帷幔，比我住过的有飞行员和绿植作陪的旅馆房间里的眼眸还要柔和。"煤灰里埋着的宝藏分解成了磷光闪闪的小昆虫，它们唱出单调的曲子，但这首曲子又能对蟋蟀说些什么呢？上帝并不觉得自己比平素更受爱戴，但曾经那株花团锦簇的大烛台，放在这里总有些原因吧，轻浮的恶魔依偎着它，像地下水一样奔跑在鹅卵石的缎面和鱼群的黑丝绒上。玛丽为何突然那么小心翼翼？现在已是八月，大奖赛以来，汽车都迁到远处去了。谁会出现在这个孤独的街区，是逃离他家的诗人，顺着珍珠做的铁轨调试他的呜咽，是踩着闪电奔向爱人身边的情圣，还是潜伏在割去的草丛里的猎人，瑟瑟发冷？这孩子放下了思索，她渴于感受她不了解的东西，这漫长低飞的意义，那条开始奔流的、有罪的漂亮小溪。哦，天哪，但现在她跪下来了，楼上的呻吟也不那么低沉了，猫眼映出了发生的一切，一个灵魂升天了。我们什么都不知道；四叶的三叶草在月光下微张，进入这座空无一物的房子去确认它们，别的就无须再做。

1　天使来找玛丽的情节也许暗示着这位"小玛丽"与圣母玛利亚有关。

这里无处可逃

致保罗·艾吕雅[1]

这自由这人的本色

什么样的入口会血肉横飞

残暴的植物催挤下的

瓦

这太阳这落日走狗

抛弃了这座贵重私人旅馆的台阶

光阴的心脏跳动在迟钝的蓝色胸膛

一个赤裸的年轻女孩被穿着护甲的英俊舞者揽入怀中

如同那位圣乔治[2]

但他也是很久以后的那些

弱不禁风的亚特兰蒂斯人

*

1　保罗·艾吕雅（Paul Éluard, 1895—1952），法国超现实主义诗人，布勒东的挚友之一，在运动后期与布勒东绝交，并退出超现实主义。
2　圣乔治（拉丁语：Sanctus Georgius），基督教的著名烈士和圣徒。以屠龙英雄的传说著称于世。

星宿的河流

把我和我朋友诗里的那些标点与符号卷走

别忘了我曾抽缩一根短稻草，把你与这种自由挤紧

如果我夺取的是这稻草

顺着一根雾凇的绳索滑行时，在你身上又会发生些什么

这位探险家，用自己的鲜血豢养红蚂蚁

只有到了一年中的同一个月底

判定我们是否与灵魂有染的眼光才会出现

19[1]……一个炮兵中尉在蔓延的尘埃中等待

*

即便是那第一个来的

也依旧为内心欲望的椭圆低头

根据萤火虫的数量清点灌木

取决于你摊开手来做一颗树，还是做爱

众所周知

1　1919 年时，艾吕雅正在军队中任职，被提名为陆军少尉，那一年也是他结识布勒东的一年，12 月底，他成为布勒东、苏波、阿拉贡在文学团体中的知交。

在另一个将要覆灭的世界里

我见到你白皙优雅

女人的头发闻起来像老鼠簕的叶片

噢窗户，不就是层层叠叠的思想

玻璃的骨架在玻璃的大地上坐立难安

*

大家都曾听说美杜莎之筏[1]

迫不得已时，何不在天上设下一片等价的筏

---

1 《美杜莎之筏》(*The Raft of the Medusa*) 是法国画家泰奥多尔·籍里柯于 1819 年创作的一幅油画，现收藏于法国巴黎卢浮宫。图中绘制了一场海难中岌岌可危的木筏和上面奄奄一息的难民。

断线

致雷蒙·鲁塞尔 [1]

我们是那些天堂监狱里的干面包和水

我们是杳无音讯的爱的公路

把这首诗的餐前祷告拟成一个个的人

没有什么能在死的彼岸诉说我们

为了上路，夜色此刻正穿上它的漆皮鞋

而我们不慌不忙

仿佛自己监狱的一堵界墙

一些蜘蛛把船开进港口

只摸摸它吧，毕竟没什么可看

来日你会知晓我们的底细

此时我们的工事尚且戒备森严

不过这是最后一小片黎明了，因为天气正在变质

很快，我们就会把我们笨重的奢侈搬去别处

我们把瘟疫的奢侈搬去别处

我们为人类的柴捆涂上一点白霜

就这样吧

白兰地靠着一个地窖的通风窗，包扎伤口

从那里人们瞥见一条路，环绕着庞大而空旷的忍耐

1　雷蒙·鲁塞尔（Raymond Roussel，1877—1933），法国诗人、小说家、剧作家。双关是其诗作的经典元素。

别问我们在哪里

我们是天堂监狱里的干面包和水

是艳丽星空下的纸牌游戏

我们甚至揭不太开面纱的一角

陶器的修补工在一架梯子上做活

他显得年轻，尽管他在委曲求全

我们穿着替他哀悼的黄衣服

契约还是未能签署

慈善姊妹会[1]在飞逝的地平线上

勾魂摄魄

也许我们能够同时遮掩善恶

这就是为何梦的愿景总让人

力所能及

我们的严酷失在了碎掉的遗憾里

我们是最可怕的诱惑明星

清晨，褴褛者的耙子钩在花衣服上

把我们甩进长着獠牙的宝藏和它的怒火当中

别为你自己的对不起感到羞赧了

为了一个无底的结局上膛这还不够吗

你那双可笑的泪眼让我们如释重负

词语的肚子今夜被涂金，没有什么比这还要徒劳

1　天主教的女修会。

在这世界的山谷中

不相交的动物们绕着地球转

向我的幻想问路

而我的幻想自己也绕着地球转

不料南辕北辙

于是事情变得荒诞不经

中国严禁入内

巴尔干半岛被一干扈从对折

十六只星光闪闪的爬虫给人从地火里提起来

吊在一根桅杆顶端

成为天空的搅动者

白鬃毛的靠近迎来了

披针叶的敬意

它们的低语陪着这整首诗进行

用一位歌手的话来说

翅膀的影子爪的影子鳍的影子

足以令其显名

太空凝结着珍馐般的蒸汽

海猴子们

挂在一树树珊瑚上

还有住在船骸里的夜莺

卖弄着这根注射了玫瑰和可卡因的木材

琥珀的台阶

通向思想的王座

让这波光粼粼的血色一泻千里

大象的耳朵被误作了世界之谷的

墓碑

生生拍打了好几个世纪

而今是女人们驾临在祭披和樱桃的城市上空

用鲜花搽了粉的她们

神话般的动物引导着其羊群的她们

非难这过度严苛的方针

与鬼魂般的植物相差无几

那些公寓里头歇斯底里的雪花，是五个枝桠的爱

在死亡的核心，是小死亡 [1] 和向日性 [2]

---

1 la petite mort 本意小死亡，在法语中用来表达高潮后的虚无、忧郁以及精神释放的低迷状态，如同一种濒死体验生还后的麻木和幻死境界。
2 向日性，即植物或者昆虫的趋光性。

我的死经过德斯诺斯[1]

法兰西学院院士们将于下个周四钻进词典
钻进那些低飞之燕的玻璃质的眼珠
和一座花圃炸开的花园

那是＊＊＊前夜
栗树皮上那串以 A 开头的词干
说明人们只是大言不惭

宗教从不扶助舆论
也未曾这样许诺
一间浴室
我与亲临的圣母并肩而入

要知道思想者的炸药桶
彻夜扯起
吊在三位一体的顶端

我还是会回来

1　见前注。超现实派中一位有威望的诗人，1945 年死于德军集中营。

个体是一架架千斤顶

我向自己身后接连不断地荡

犹如恐惧在轧下

我的比赛是五个骑手的搏斗

第一号便撞上我的头

看台远处

仇恨被雪崩夺舍的地方

二号骑手独自走了

为了代替那一根根蜡烛，四号呼吁人们消耗椰油

但第六是虚拟

那些于我不可能的时日，在镜子里

长得好像一只狐狸的脚

我艰难地摆脱了这对眉毛的凝思

鲜血的浸渍，面孔的生疏以及

声势熏天的人类表象

我爱得越多在树林里我就越发被爱，那里的雄鹿在百里
　　香中

画十字来知晓你要什么

堕落　定罪　归天

然后才是法官们那束雌性记号的审判架

千千次

致弗朗西斯·皮卡比亚 [1]

返回夜的脚步覆满了一座栖息着十一个神秘征兆的高塔

握住的雪在融

我深爱的这朵雪花做了我是其中之一的许多个梦

我只吝许白天与黑夜，这最低限度的青春

我的手在两个花园中游荡，无所事事

在十一个征兆安睡时

我扮演的爱，是树篱中的一个铜与银的机械器

我是尘世之爱中最微妙的齿轮之一

它遮住了其余一切的爱

正如那些藏起我灵魂的征兆

一把丢失的刀子，在漫步者的耳边呼啸而过

我拨乱天空如一张绝美的床榻

我的手臂戴着一串星链从中天垂下

日复一日地沉降

星光的第一粒种子即将消失在海上

替代我鲜活的颜色

很快汪洋将只剩雪渖

那些征兆已经现身在门口

---

1 见《这也是一座苦狱……》注 1。

它们各有十一种颜色，而它们各自的尺寸会让你死于要
　命的怜悯

其中一个须得弯腰抱肘才能进入塔内

另一个征兆，我听到它在繁荣地带燃烧

它横跨了一整个工业，一个罕见的山地工业

就像是以鳟鱼为食的野驴

这些头发这满是斑点的长发

构成了双层护盾的征兆

需要提防那个激流翻滚的念头

我的建筑我一页一页的美丽建筑

窗户疯长的房子朝向敞开的天空敞开的大地

那是岩石上的一道裂痕，被众多吊环挂在世界的杆上

是一面金属窗帘在神圣碑文前

俯下腰身

你们为何无法辨识

让这些征兆只独困我一人

我降生于累累祷告的无尽喧嚣

我的存亡悬于一线

这条古怪难测的线，将我的心缚上你的窗台

我借此与世上所有的囚犯通信

可溶鱼（1924）

光阴比诉说它的光阴还要少……

光阴比诉说它的光阴还要少，眼泪比耗尽死的眼泪还要少；我都数过了，就是这样。我清点了石头；它们和我的手指以及某些人的手指一样多；我向植物分发了要出版的书的传单，但并不是所有植物都愿意接受。我和音乐只相连了不过一秒，而现在我不知道该怎么看待自杀了，因为如果我想离开自己的话，出路就在旁边，我不怀好意地补充道：入口，是另一侧的归途。你知道你还要做些什么。几个小时，悲伤，我完全不顾理智了；我独自，我看着窗外；它不放过一个人，但不妨说，没有一个人经过（我强调的是过）。这位先生，你不认识他吗？这是"我自己"先生。这个呢则是"我夫人"夫人。还有他们的孩子。然后我回到我的脚步上，我的脚步也重新回来了，但我不知道它们到底回到了什么东西上。我去查列车时刻表；城市的名字被那些与我关系密切的人的名字所取代了。我会去 A 吗，我会回 B 吗，我会换到 X 那里去吗？是的，我当然会换到 X 那儿去，只要我不在这无聊的对应关系上犯错！现在我们已经立正：无聊、漂亮的平行线，啊！在上帝的垂直线下，平行线是多么漂亮。

污秽的夜晚……

致安托南·阿尔托[1]

　　污秽的夜晚，鲜花的夜晚，喘息的夜晚，酩酊的夜晚，闷沉的夜晚，它们的手是一只卑鄙的风筝，被四面八方的电线，黑色的电线，可耻的电线拉住！在那些白骨和红骨的乡间，你用你污秽的植株做了什么，用你那树状的坦率做了什么，还有你的忠诚，它是一个钱包，你用这缀满了珍珠花卉的钱包做了什么？你用这样或那样的铭文做了什么？你用这些深思熟虑的意义都做了些什么？而你，强盗，强盗，啊！你杀了我，你这个在我双眼里拔刀的水匪，你什么都不怜悯，发光的水，我珍重的洁净之水！我的诅咒会像一个漂亮的、令人毛骨悚然的孩子一样，死死追着你，向你挥舞她的笤帚。每根帚枝的末端都有一颗星星，而这还不够，不够，还有圣母的菊苣。我不想再见你了，我要用细小的铅弹把你的鸟都穿成筛子，它们甚至都不是纸页了，我要把你赶出我的门，赶出我这颗籽的心、爱的大脑。我受够了你那些地狱的鳄鱼，受够了那些战士胸甲上的鳄齿，别喷墨水儿了，到处都是叛徒，紫袖套的叛徒，黑醋栗眼睛的

1　安托南·阿尔托（Antonin Artaud，1896—1948），法国诗人、演员和戏剧理论家。阿尔托曾于1924年受布勒东邀请加入超现实主义团体。

叛徒，母鸡毛的叛徒！一切都结束了，我将不再掩饰我的耻辱，不会被任何东西安抚，不会被子虚乌有的东西安抚。如果那些风筝都像房子一样大，你让我们怎么玩，怎么能养活我们的害虫，怎么把我们的手放在贝壳喋喋不休的嘴唇上（这些贝壳，谁能让它们静下来呢？），不再有呼吸，不再有鲜血，不再有灵魂，只有揉捏空气的双手，只为空气的面包镀金一次，让沉睡的大胶旗猎猎作响，这双太阳之手，终于变作，冰炼的手！

在衣架子广场……

在衣架子广场，所有的窗户今早都开着，东家的汽车和挂着绿旗的出租车在前头纵横四掣。每层楼上都撰有漂亮的银色字母，写着银行家和著名运动员的名字。在广场中央，衣架子本人手里拿着一卷纸，似乎在向他的马儿指出，那晚现身巴黎的天堂鸟从前飞过的道路。一匹马，白鬃毛拖在地上，以所有令人想望的威严挺直了身子，尽管烈日当空，却有小而旋转的灯光在它的影中弹跳。广场左侧的树干被开膛破肚了；枝条不时向下俯冲，又直立起来，然后便覆满了水晶花蕾和长得不成比例的黄蜂。广场上的窗户看起来像一片片柠檬，不仅圆得像是老虎窗，还有穿睡衣的女人们在无休止地浇着花盆。其中一个女人，正着眼于小小贝壳的可见性，以及陷进泥里的楼梯废墟，那是奇迹踏过的楼梯。她久久地摸着梦的内壁，然后如一蓬烟火般从那花圃中腾起。陈列柜里有一艘白游轮的漂亮壳体，它的船头严重受损，被一种不知名的蚂蚁所侵袭。所有男人都穿着黑衣服，那是税员制服，不同之处在于，传统的链条公文包被身上的一个黑屏幕或者黑镜子取代了。衣架广场上发生了一些入室盗窃的案子，失物在那儿砌成了一座透光的哨所，以备夏季之用。

剧中人围拢在……

　　剧中人围拢在一个廊下，有鬓发上别着忍冬的憨稚少女，老陪媪，没主见的骑士和奸诈的孩子。河床上都是骚动的凹模，除非有阿喀琉斯似的手臂将美女们稳稳擎过，否则裙子便会被风揪走。在小港口，载着黄金和印花布的护卫舰屡次鸣笛。盛放的醋栗花是一位农场主在床上缓缓张开双臂。他的佩剑是一只蓝蜻蜓。当他走来走去，被恩典囚禁时，厩里嬉戏的飞马，似乎要朝那最疯的方向冲犯过去了。

　　与此同时，牧民们因为他们的绯色阴影而自责，他们在阳光下饲养他们的宠儿，蝴蝶袖的猴子。远处，你能看见一场大火，巨大的栅栏在火光中沉没：是一望无尽的森林着火了，妇女们的笑声像寄生在运河边的灌木球。万紫千红的夜的钟乳，重燃了基西拉[1]的烈焰，而露水，缓缓把她的项链搭在植物的肩膀上，世纪的世纪末的棱镜。小偷们是音乐家，一动不动地靠在教堂的墙上，他们的职业工具在古提琴、吉他和长笛之间不知所

1　基西拉岛中世纪时曾长期被威尼斯占领，1797年又落入法国之手，此后又先后被俄国和土耳其占领。1815年成为英国保护下的爱奥尼亚群岛合众国的一部分。1864年，基西拉岛成为希腊领土。

终。城堡的每个房间，都有一只伴死的镀金猎犬。没有什么能将时间从其飞行中窃走，因为，与昨日相同的云层，正向着沸腾的大海自首。

城墙上，一队轻骑兵身着胸衣和链甲，轻轻掠过灰蒙的夜晚，向水底伏下。

自由结合（1931）

自由结合

我妻子的头发是篝火

思想是灼热的闪电

腰身是沙漏

我妻子的腰身是虎牙间的水獭

我妻子的嘴唇是花结是一束最高等的星星

牙齿是白鼠在雪地上的足迹

舌头是擦亮的琥珀和玻璃

我妻子的舌头是刺伤的圣体饼

是眨眼的洋娃娃

和不可思议的顽石

我妻子的睫毛是孩童书写的笔触

眉毛是燕巢的边缘

我妻子的鬓角是温室顶的棚板

和窗户上的薄雾

我妻子的肩头是香槟

是冰面下海豚脑袋的喷泉

我妻子的手腕是火柴

我妻子有偶然的手指和王牌的心

手指是割开的干草

我妻子的腋窝是貂和山毛榉的刺壳[1]

是圣约翰之夜[2]

女贞子[3]和天使鱼[4]的巢穴

手臂是海的泡沫和船锁

麦子和磨坊的混合

我妻子的大腿是火箭

踩着发条和绝望的动作

我妻子的小腿是接骨木的植髓

我妻子的脚是分生的组织[5]

是钥匙串和酒醉的织布鸟[6]

我妻子的颈是洒满露珠的麦子

我妻子的喉咙是黄金峡谷

是激流在河床上的相遇

乳房是夜晚

我妻子有海底的鼹鼠丘的乳房

我妻子有红宝石高炉的乳房

1　fênes，通常应该拼写为 faîne，山毛榉的果实，它带有板栗那样的带刺的外壳，这里改掉的拼写或许是因为 hêtre（山毛榉）。并且还有一种貂是山毛榉貂。

2　Nuit de la Saint-Jean，也就是圣约翰节的夜晚，即仲夏夜。这一天夜晚会有盛大的烟花和篝火，以庆祝夏天来临。

3　即女贞树，它枝叶茂密，有一串串像小葡萄一样的果实。

4　scalare，通常应该拼写为 scalaire，指的是神仙鱼（Pterophyllum Scalare），它的身体是三角形，鳍长如流苏，被称为"热带鱼皇后"。

5　initiales，一般情况下是"首字母"的意思。但在植物学领域，此术语意思是在植物的根和分枝顶端增殖的分生组织。

6　calfats，一般情况下是"腻子""缝隙填充剂"的意思，但在这里应是指织雀科的鸟，以擅长织巢而闻名。

乳房是露水下玫瑰的幽灵

我妻子的腹部是展开岁月的折扇

是巨大的爪子

我妻子的脊背是纵身而去的鸟

是水银

是光

后颈是滚石和湿粉笔

是人们刚喝空的酒杯的掉落

我妻子的臀部是小船

是光泽是箭翎

和白孔雀的羽轴

是一个无动于衷的摆

我妻子的臀部是砂岩和石棉

我妻子的臀部是天鹅的背

我妻子的臀部是春天

性器是剑兰

我妻子的性器是砂金矿和鸭嘴兽

我妻子的性器是海藻和旧日的糖果

是一面墨镜

我妻子的眼睛满是泪水

是紫色盔甲和磁化的针

我妻子的眼睛是稀树草原

我妻子的眼睛是监狱里喝的那汪水

我妻子的眼睛是斧下无尽的木头

是水的准线气的准线是土与火的准线

白发手枪 （1932）

死玫瑰 [1]

飞行的章鱼将最后一次领船，这孤独之日的每时每刻都
　　制成了它的帆

这是仅有的一次守夜，之后，你会感到白黑相间的太阳
　　在你的头发中升起

地牢里会渗出一种比死还浓的酒

当人们从崖上谛视它的时候

彗星会温柔地渗入森林，击垮之前

在不可分割的爱中滤化了一切

倘若河流的图案消失不见

黑夜满覆之前，你会看到

一株盛放出群手的桃树上

银色的大停顿

写下这些诗句的这些手，还会变成银纺锤

变成雨织机上的闪燕

你会在地平线上看见，空间的吻草草结束

但恐惧已不复存在，那些天和海的瓷方片

将在比我们更强的风中飞行

我该如何对待你声音的颤抖

1　原题为：LA MORT ROSE。Rose 作名词时有"玫瑰""镂空的
花窗"以及"欢乐"三种常见含义。

时间的绞车

这唯一不掉的分枝吊灯，周围是华尔兹的鼠

我要提振人们的心

为了一次至高无上的石刑

我的饥饿如一颗切割过度的钻石般旋转不停

她[1]会把孩子的头发编成烈火

沉默与生命

但恋人们的名字将被忘记

如阿多尼的鲜血[2]

滴落于狂热的光线

明日你会对自己的青春撒谎

对你伟大如萤火虫的青春撒谎

回声将独自为所有旧时之地筑模

你率领着林中猛兽

以最快的速度

在无尽的透明植被里散步

也许你会在我的残骸上划破自己

如同不自知地扑向一杆游荡的武器

因为我会归于空虚

---

1 推测原文有语音游戏：上一句中"我的饥饿"法语是 Ma faim，与"我的妻子"Ma femme 同音。

2 原文为 Comme l'adonide goutte de sang 。而 L'adonide goutte-de-sang（直译为"阿多尼的血滴"）是一种深血红色的花，得名于阿多尼斯（Adonis），希腊神话中掌管每年植物死而复生的神。阿多尼斯生来异常俊美，被一头野猪杀死后，他的母亲阿佛洛狄忒在他尸体上撒甘露，于是阿多尼斯流的每滴血都变成血红色的银莲花，从黎巴嫩山流出的阿多尼斯河变成了红色。

就像一座名为"磨难"的滑动电梯

而那些香气将归于你，从此成为禁止的香气

那是当归草 [1]

在空心的苔藓之下，在你感觉不到它的脚步之下

我的梦会成为形式，它如暗流的眨眼声一般徒劳无益

我会潜入你的梦里，探测你眼泪的深度

我的呼唤会让你犹疑

在一只只冰龟组成的火车上

你不需要拉响警报器

你会独自来到这片败落的海滩

一颗星星，会落入你那些沙做的行李

---

1 当归草是一种主流香水原料。而 L'angélique 也有"天使"的意思。

不予起诉 [1]

日日夜夜的艺术

是一道道伤口的天平，它唤作宽恕

鲜红的天平敏感于一只飞鸟的重量

当那些雪颈的女马侍，徒手

把她们的蒸汽马车推到决斗场 [2]

我看见这架天平止不住地发狂

我看见彬彬有礼的朱鹮

从系在我心底的池塘回来

梦的车轮诱引一条条华丽的辙道

急升在它衣袍的贝壳上

海面是此起彼伏的毛骨悚然

去吧我亲爱的破晓，记得摘走我生命中的一切

摘走镜渊里攀出来的玫瑰

摘走所有睫毛的颤抖

摘走钢丝艺人脚下的摘长索与水滴

日日夜夜的艺术

是我站在一座恐惧之都的那扇极远的窗前

---

1 原文为 NON-LIEU，直译为"无地"，在法语中是法律名词"不予起诉""驳回"的意思。

2 原文应为双关：在旧法语中 aller sur le pré（去草场）也有决斗的意思。

外面那些戴着高礼帽的男人，均匀地接踵而至

像我从前喜欢的降雨线

不过此刻天气真好

"上帝的愤怒"是我昨天去的一家小酒馆的名字

用更浅的字母在白色招牌上写就

但在玻璃后面滑动的那些女水手

太顺遂了，以至于无法胆怯

这里只有无证据的杀害，却从无尸体

只有静默却从无天国

绝无自由，除非牺牲了自由

起起伏伏的那条路上 [1]

告诉我，情焰 [2] 会在哪里停止

情焰是否存在某种提示

让纸页微微蜷角

躲在花丛里，饥肠辘辘的它

即使让我们的双眼看见，我们也仍旧不知自己的双眼看
　见了什么

因为它们看见了你

一个雕像跪向大海，但

那已不再是海

耸峙在城中的灯塔

而今堵住了那条路，一个个冰与肉的奇妙块垒

把无数战车陷入角斗场

征尘哄骗了皇家的女儿们

而情焰终日奔腾

它是一个青年爵爷脖子上的拉夫领 [3]

是诗人或其他无赖家里的稻草钟上微不可察的报时声

1　原文题目为 SUR LA ROUTE QUI MONTE ET DESCEND，直
译应为"在那条上坡与下坡的路上"。

2　flamme，直译应为"火焰"，也有"激情""爱火"之意，结合
全文此处译为"情焰"。

3　拉夫领，也被称为轮状皱领，这种领子呈环状套在脖子上，其波
浪形褶皱是一种呈"8"字形的连续褶裥。

是整个北半球

和它那些悬起的灯，垂落的绳

它是约会时沿着悬崖升起的那个东西

一枚枚心脏是这片失落之海的轻桨

信号在轨道边缘转弯时，有焦干的嘶鸣

犹如牧师足下那奇异的裂声

在白色与金色的马车里巡回演出

额头靠上车门，思绪就如大水漫过池塘的女演员，一去
　　不复返了

别指望情焰会让她彻底遗忘她的角色

绿瓶子上撕去的标签，仍在讲述酒庄的故事

除了一头活生生的长发这些荒废的酒庄别无其他

奥松酒庄

还有这蓬等不及散开的头发

情焰，空气中游动的水母

绕着一个十字架旋转

当心，它会亵渎你的坟墓

地下的水母还留在家中

情焰的鸽翼只护送有危险的旅人

倘使恋人成双，它就无声地离开

它往哪里去？我看见威尼斯的窗玻璃在它逼近威尼斯时
　　碎了

我看见那些窗户开了，从工地的每一堵墙上掉下来

一些赤裸的工人在那里把青铜烧浅

这些暴君太含情脉脉，所以除了铐上他们的脚腕

石头无法向他们起义

没药之星 [1] 与干草之地周围运转的香气

对那些以珍珠破开的雨国知根知底

如果珠链一时灰败了火势 [2]

情焰的冠冕就会立刻吞没这些不朽的珠子

灾祸中，一片森林的诞生救下了这些仅存的树种 [3]

蕨梯的顶端生有一个男人

最后几级阶梯上

是数个眼珠如玩偶般忽闪的女人

可我不再是那个男人了

反复鞭打最后一只白兽

直到散入晨雾

他的意愿会实现吗

在树叶的第一只树冠里，情焰如拨浪鼓般落下

有人在他眼前撒下根的网

蛛膜上的银毯

但这情焰无法喘息

喘息时便有祸了

我想象了这样一种野蛮的情焰

1　没药又称作末药，在东方是一种活血、化瘀、止痛、健胃的高级药材，产地为古代阿拉伯及东非一带。没药树则原产于索马里和埃塞俄比亚。
2　原文中此处使用的依旧是 flamme。
3　原文中的 essence 有"树的种类"也有"精华、本质"之意。

它在夜晚的餐厅里游走，从女人们指间的扇子上烧过

它终日不休地循着我的踪迹

在一旋旋落叶的飘零中闪烁

水焰，引我奔赴火海

幽灵般的态度

我毫不重视生活
我从不把生活的任何一只蝴蝶别在要害
我不在意生活
可是盐的枝条，白色的枝条
阴翳的所有气泡
甚至那些海葵
全都来自我未倾注的泪水
从我思想的内壁流下并呼吸
潮涨时，沙子会记起
我未踏的步履是踏过的两倍
铁栏，生在鸟笼里
极高处来的鸟群在铁栏之外吟唱
一条地下通道，络合了所有的醇香
某天，某个女人决意进入这里
这个女人变得如此明亮以至于我无法
从那双看到我自己在燃烧的眼睛里，看到她
我已有了我如今的年纪
如同一个巨大工厂的守夜人般，看住自己，看住我的
　思想
无依无傍的守夜人
环形广场永远魅惑着同样的有轨电车

石膏像从未失去过任何表情

它们咬着莞尔的无花果

我知道一座消失的小镇上有一袭长袍

若我穿着这袭长袍在你面前欣然现身

你会相信你的末日将至

正如我的一样

这些喷泉最后会懂，原来千万不可说出喷泉二字

人们用雪镜引来狼群

我身怀一艘远离所有地带的小船

却被一块火焰牙齿的浮冰拖走

我在这棵永绿树的木头上砍了又砍

一个音乐家，被他的器弦缠住了

绝对没有童年史的那面时间的海盗旗

靠近了一艘无非只是它自己幽灵的船

也许这把剑上有个守卫

而他心里已然杀过一场决斗

两个对手缴械时

死的那个更不被冒犯

从未有过的未来

不曾拉开的窗帘

飘在未造之屋的窗上

所有百合花的床

在一只只露珠的灯盏里滑动

一个夜要来了

光的金砂，停在蓝色的苔藓下

为爱与空气打结与拆结的那双手

为目击者显明了一切

他们看见手上的棕榈

与眼中的花冠

但花冠与棕榈的篝火

刚刚才在森林的深底燃亮

雄鹿在岁月中把头低下的地方

人们仍然只能听到某种微弱的心跳

永垂不朽的节拍

发出千种轻重不一的声音

一些裙袍的振动

与这心跳相谐

而那些穿袍之人的面孔，当我想去看时

一栋巨雾从崛地而起

钟楼下面，在最优雅的生命与财富的水池后边

在两山之间昏暗下去的峡谷里

在日光转凉的洋面上

向我招手的众生，被一颗颗星斗隔开

无论如何，那辆车子奔冲而过

夺走了我最后的犹豫

在铜像和石像都与蜡像交换了位置的城市，谁还在那里
　　等我

榕树啊，榕树

花火绽放的旅店

哲学蝴蝶

落在粉红色的星上

成为一扇地狱之窗

面具的男人始终站在裸体女人面前

他的头发如同晨光，滑动在忘了关的路灯上

渊博的家具训练这个房间抛接

它的浮雕花窗

它的环形阳光

它的玻璃铸件

它们内部的圆规把一片天空划蓝

以纪念那方无与伦比的胸膛

这时，一座云朵的公园从坐下的男人头顶掠过

他用帕尔马之眼的魔力将半身像的女人切成两半

现在轮到冰雪聪明的北极熊了

它伸展四肢，计算日子

于是另一面的雨在大城市的林荫道上矗立

雾中雨滴，在红花上拖出阳光的痕迹

那是古老的空竹古老的玩具

云朵坠下的腿脚们的温室之旅[1]

人们只看到一只雪白非常的手掌，脉搏的形状是一对微
　小的翅膀

失踪的摆在四壁间摇荡

劈开的一个个头颅

逃出了一帮国王，他们互相争战

直到日蚀东方

杯底的绿松石

露出了一张四面等边的床，床单的颜色花名雪球[2]

迷人的独脚桌，撕开的窗帘

一本手边的小书上缝着"没有明天"[3]的字样

它的作者有个古怪的名字

写在尘世信号装置的昏黑点[4]

1　即温室循环。

2　雪球是一种大绣球花，花朵是洁净的白色。

3　原文为 Point de lendemain，直译为"明日的句点"；同时，le
point du jour 有"拂晓，黎明"的意思，所以又可理解为"明日拂晓"，
含义完全相反。事实上，确实存在这样一本名为 Point de lendemain
的小书，最初于 1777 年匿名发表，在 1812 年有了另一个改写版本。
作者的明确身份很晚才得到确认，直到作者死后，人们才得知他叫
作维旺·德农（Vivant Denon），布勒东之所以觉得古怪也许是因为
它的字面意思是"活着的德农"，但世人知道他名字并写在书上的
时候他已经死了。

4　即"盲点"的意思。

动词存在

　　我知道绝望的大致轮廓。绝望没有翅膀，它不一定坐在夜幕下的海滨露台上的一张餐后的桌子旁，这是绝望，而不是一大堆微小事实的回归，不是夜临时分的那些种子，从一行犁沟移动到另一行。不是石头上的苔藓，也不是待饮的杯中物。如果你愿意的话，它可以是一艘被雪覆盖的船，就像急坠之鸟，它们的血毫无厚度。我知道绝望的大致轮廓。一种非常幼小的形状，比发饰还细。那就是绝望。一条珍珠项链，你不会找到扣钩，它的存在甚至不牵在一根线中，好吧这就是绝望。剩下的我们就不谈了。只要我们着手于绝望了，它就不会结束。我呢，我绝望于凌晨四点的台灯，绝望于午夜的折扇，我绝望于死刑犯的香烟。我知道绝望的大致轮廓。绝望没有心，那只手永远在探测上气不接下气的绝望，永远在触摸不知死活的绝望[1]。我靠这种令我着迷的绝望生活。我喜欢那只蓝苍蝇，它在星星低唱的时候飞过天空。我在绝望的大致轮廓中辨认出了拖着长长的、碰伤的惊异的绝望，骄傲的绝望，愤怒的绝望。我每天都像其他

1　原句是 la main reste toujours au désespoir hors d'haleine, au désespoir dont les glaces ne nous disent jamais s'il est mort. 后半句暗示了把玻璃或镜子放在嘴唇上面，通过呼吸的雾气查看一个人是否还有呼吸（是否死亡）的方法。

人一样，在一张花纸上起床，伸懒腰，我什么也记不得了，这时我总是绝望地发现，那些美丽的树在夜里已被连根拔起了。房间里的空气像一支支鼓棒那样漂亮。它让时间成为时间。我知道绝望的大致轮廓。就像窗帘里的风在拿我开涮。这样的绝望你难以想象！救火吧！啊，它们又要来了……救命！它们从楼梯上砸了下来……从报纸上的广告，运河上的霓虹灯牌上砸了下来。沙堆，走啊，你这沙堆的生物！以轮廓而言绝望并不重要。这是一种树的苦役，可它仍会长成一片森林，这是一种星星的苦役，可它还要让这世界少掉一天，这是我日复一日的苦役，可它依旧结成了我的生命。

书写的走掉

翻动书页时的锻色铸成了一位很美的女人

以至于不读的时候，你会悲伤地凝视她

不敢同她说话不敢告诉她是如此之美

我们的所学是无价的

无声地穿过繁花喧嚣的这个女人

有时会在付印的季节回头

询问时间，或者露出端详珠宝的神情

像真实的生命所不齿的那样

世界崩溃空气之环断绝

或心脏段落的一处钩裂

晨报带来的女歌手，音色如沙滩铺满轻柔而危险的海岸

而那些晚报，有时就为所有牵着野兽的少女放行

但最美的，在某些字母的间隔里

比正午星星的角还白的，那里的手

毁掉了白色的燕窝

为了让雨始终下得

很低很低，就连翅膀也无法插入

人们沿着间隔的手指登上的那些手臂，轻佻得连草地在
　池塘上织就的优美蒸汽也不足以映照

这些手臂什么也不能铰接 [1]，除了一个格外危险的，为
　爱而生的身体
请人从遮掩的灌丛上——拆下它腹中的叹息 [2]
目光的雪橇拉过整个雪国
除了那座冰封的巨大真理，这具身体没有任何尘世的
　东西
我不会再看到这些了，因为有个不可思议的眼罩蒙住我
在这层层叠叠的伤口里，捉迷藏

1　原文应为双关：这里的 s'articuler 有"连接关节"的意思，也有"宣
称"的意思。
2　也有音乐中的休止符的意思。

斧中森林

　　人们刚刚死去了，但我还活着，即便没有了灵魂。我只有一个透明的身体，内里，一只只透明的鸽子扑向我透明手掌中的一把透明匕首。就在最后一颗星星现身前不久，我看到了全力以赴的美，真正的全力以赴，是深不可测的。我栖居的身体，如同一座租用的茅屋，它唾弃我曾经的灵魂，后者还飘浮在远处。是时候结束这臭名昭著的二元性了，它使我备受责难。那双没有光，也没有圆环的眼睛，它们再也不能从颜色的池塘里汲取麻烦了。不再有红色或蓝色了。一体两面的红蓝，也像知更鸟[1]一样，在疏忽的樊篱中被依次删去了。有人刚刚死掉了，———非你，非我，非他，而是我们所有人，除了以许多姿态幸存下来的我：例如，我还是很冷。就这样吧。开火！开火！要么是石头让我把它们劈开，要么是鸟类叫我跟随，要么是紧身的胸衣让我系在死去的女人的腰上，令她们原地复活，爱我，以她们疲倦的头发，憔悴的眼神！开火，这样我们就不会为了李子白兰

1　原文应为文字游戏：rouge-bleu（红蓝）与 rouge-gorge（知更鸟）在原文中有混淆的效果。

地[1]而死去，开火，这样意大利草帽[2]就不会只是一场戏！你好，草皮！你好，雨！我才是这座花园虚幻的呼吸。我头上的黑王冠是一声渡鸦[3]的尖叫，因为现在这里只余下了被活埋的人，而且所剩寥寥，看好了，我才是那第一个晾干的亡魂[4]。但我有一具无法摆脱的身体，它必使爬行动物来拜我。血淋淋的手，槲寄生的眼睛，一张枯叶和玻璃制成的嘴唇（枯叶在玻璃下面移动；当冷漠暴露其贪婪的方法时，它们并不像人们想象的那样，采摘你的手，你是我梦中的小百里香，我极度苍红），白的迷迭香。此外我也没有了我的影子。啊，我的影子，我亲爱的影子。我得给我失掉的影子写封长信。我会从"我亲爱的影子"[5]开始写的。影子，亲爱的。你看。没有太阳了。现在两个热带地区也只剩一个了。现在每一千人当中就只有一人了。现在，除了一个失智的女人，再没有谁可以用纯黑画下这个受诅的时代。这个女人拿着一束我血形状的千日红。

1　推测原文应为文字游戏：原文的 pour des prunes（为了李子……）在法语中是"毫无意义的"意思，而 l'eau-de-vie（白兰地）的字面意思是"生命之水"。因此这句话的暗含之意是：这样我们就不会因为徒劳的生命而死。

2　《意大利草帽》（Le chapeau de paille d'Italie）是法国喜剧剧作家欧仁·拉比什（Eugène Labiche，1815—1888）创作的一出五幕喜剧。剧情中，男主角的马吃了一顶挂在树丛中的草帽，全文围绕着这顶丢失草帽的悬疑展开。

3　渡鸦，一种食腐动物，通常象征死神。

4　上句中的 des enterrés vivants（活埋之人）与这句的 aéré mort（晾干的亡魂）相对。

5　Ma chère 即"亲爱的"，法语信件常用的开头。

女学生们全体集合

你常说，用脚跟击打地球，就像灌木丛中绽放的野蔷薇

孤僻得，如同一朵露水

你说，整片大海和整个天空都是为了

在舞的国度得到一场童年的独胜，或者更好，火车走

   廊上

唯一一次的拥抱

谁会在桥上被枪声打倒或者更好

为了一句势不两立的狂言，再度死掉

正如凝望你时，我非说不可的那样

一个名字在树与树间传递千里的男人，血流如注

他在一百只雪鸟中来去自如

所以，这是什么地方呢

当你问出口的时候，整片大海和整个天空

流离失所，就像小女孩们在一座严酷的寄宿学校里，七

   零八落

听写的心安理得

也许写成了心如刀割 [1]

1　原文应为语音游戏：Après une dictée où *Le cœur m'en dit*/
S'écrivait peut-être *Le cœur mendie*.（直译应为：一次听写时的"心
对我说"，也许写的是"心在乞讨"。）

镜之结

那些美丽的窗户，或开或闭地

悬在白昼的嘴唇上

穿着衬衫的美丽窗户

黑夜中烧着火红头发的美丽窗户

警啸与吻的美丽窗户

我上下左右的这些窗户，不可匹敌我心中的窗户

在那里，它们只形成了一枚麦穗般的蓝水晶

一颗钻石究竟能分成多少粒，以供所有孟加拉人入浴

在我心里，不止四季，而是十五或十六季

有一个季节金属会怒放

有一个季节的微笑不如一缕花边

还有一个季节，夜的露水会把女人与石头合为一体

那些灿烂的季节，如同一个苹果拆下了四分之一

或者一个荒僻地带，住着与风同谋的生物

或者某股精神风暴，它是无边无际的铁皮鸟的夜，还有

　　马儿们，甩着抽象结构的马鼻

或者一例处方[1]，对抗疾驰的喧嚣

1　下述的几种药剂合在一起是治疗心绞痛的处方。

西番莲酊剂	
	各 50 分每块
山楂酊剂	
槲寄生酊剂	5 分每块
绵枣酊剂	3 分每块

谁来对抗疾驰的喧嚣

那些季节从我眼前的活水中一个个网眼地溢上它们闪闪
　　发亮的网

里面有我曾经见过的东西，那是一枚贝壳神话般的螺塔

它让我想起了马克西米连皇帝的秘密处决[1]

我喜欢的是珊瑚花上最高的枝条即将被闪电劈中

那是日晷在子夜的**针头**

有些事我已经明了，有些事我所知太少，所以请把你谵
　　妄的老爪子借我

让我提着我的心沿着瀑布上升

那些飞艇员们正谈说着冬空气的风化物

1　马克西米连一世（Maximilian I）是奥地利皇帝弗朗茨·约瑟夫
一世的弟弟，他被派往墨西哥担任皇帝。但墨西哥革命军最后夺回
政权，并在墨西哥城的圣伊德尔花园对马克西米连进行了处决。

绝对纯白的一男一女

在遮阳伞的深底，我见到一群神妙的娼妓
反光那侧的裙子褪作了木材的颜色
她们穿着一张大大的墙纸散步
让人想起一栋被拆毁的房子的旧地板，你不得不揪起心
　来看望
或者，一块从壁炉上掉落的白色大理石贝壳
甚至是链条的网，在镜中一塌糊涂地闪烁
燃烧的伟大本能强取了街道，而她们像烤焦的花一样
　枯立
当她们一动不动地沉入漩涡中心的时候
远处的眼睛便掀起一阵石子的风
对我而言，没有任何意义比得上她们那些无所事事的
　思想
比得上皮靴浸在她们伞珠的影子里，清冽的溪
以及她们消失其中的，那被割下的一把把干草的现实
我看见她们的乳房为深陷的夜晚进出一岬阳光
两者起伏的时间是生命唯一准确的度量
我看见她们的乳房是海浪上的星星
她们的乳房里永泣着看不见的蓝色乳汁

邮差薛瓦勒 [1]

我们这些鸟总是被你那些高阁迷住

每个夜晚它们都会用你心爱的手推车用你生了手臂的肩

  膀造出一根花枝

我们从你腕上撕下的它，比火星还要烈

我们是玻璃雕像的叹息，当那个男人沉睡时，从他的肘

  部升起

于是一道道明亮的裂口在他床上崩绽

从中他可看见，一片空地的珊瑚树里有鹿

还有裸体的女人们在一座矿的深底

你还记得吗你起身了然后你走下火车

对这个被庞大气根困住的火车头，视而不见

1　约瑟夫·费尔迪南·薛瓦勒（Joseph Ferdinand Cheval，1836—1924），又被称作 facteur Cheval，即邮差薛瓦勒，他因用 33 年时间（1879—1912）建造一座他称之为"理想宫"（Le Palais idéal）的纪念碑而闻名。薛瓦勒曾经是一名面包学徒，迫于生计成为一名邮递员。在工作的常年巡游中，他开始在脑海里构思一座"仙宫"。1984 年，一块鹅卵石在路上绊倒了他，激发了他的梦想，他开始一块块地收集石头。白天，他把在乡村道路上捡来的石头用独轮车推回自己的花园，晚上，他便建造。黏在一起的石头形成了一座纯洁、华丽，然而完全没有实用功能的庞大建筑。由于不能如愿以偿地安葬在这座自家后院的"宫殿"里，他又花八年时间在公墓中修建了自己的坟墓。邮差薛瓦勒一直被邻居们认为是怪人，一个精神失常者，一个可怜的傻瓜。直到 1905 年，终于有人发现了这些建筑，发出了报道，人们才开始慕名而来……超现实主义者们认为"邮差马"薛瓦勒是他们的英雄。（以上资料与信息来源于多个网站及报道。）

它在原始森林里抱怨它所有烧伤的锅炉

烟囱里冒着的风信子[1]，被一条条蓝蛇扳动

我们比你先到，我们这些朝三暮四[2]的植物

每个夜里，都向那个男人发动出其不意的信号

当他的房子溃塌时，他在奇数的榫合前讶异

那是他的床在想方设法地衔接走廊和楼梯

楼梯无穷地分枝下去

它通向一扇石磨的门，倏忽开阔到一个公共广场

它由天鹅的脊背制成，一个翅膀打开作为扶手

它像要衔住尾巴似的盘旋而上

但它只是为了迎接我们的脚步而打开它所有的台阶，如
　抽屉一样

面包抽屉葡萄酒抽屉肥皂抽屉镜子抽屉楼梯抽屉

头发把手的肉抽屉

顿时，千万只沃康松鸭子[3]抚平了它们的羽毛

不回头的你拿起了抹制乳房[4]的镘刀

1　风信子多为蓝色，鳞茎球形。

2　原文 nous les plantes sujettes à métamorphoses 直译应为"我们
这些容易变形（变态）的植物。"

3　沃康松鸭子，或称消化鸭，是一个鸭子形状的自动装置，由发
明家与艺术家雅克·德·沃康松（Jacques de Vaucanson, 1709—
1782）创造，1739 年 5 月 30 日在法国揭幕。这只机械鸭子表现出
了吃谷物粒、进行代谢和排泄的能力。但实际上食物是被收集在一
个内部容器中，预先储存的粪便从第二个容器中"生产"出来。这
只鸭子在 1879 年一个博物馆的火灾中被毁。

4　"邮差马"所建筑的构造很像无数个球体堆在一起。他在 13
岁时成为一名面包学徒，制作面包的经验可能对他建造"仙宫"与
坟墓有所帮助。

我们为你含笑，而你搂着我们的腰

我们摆出了你中意的姿势

在我们的眼中恒久吧，如同做爱后的一个女人

偏爱凝望这个男人

帷幕啊帷幕

那些四季游荡的剧团会演活我的生命

在我的嘘声中

台前被改造成一座倒彩的黑牢

我看到一只只手，按在黑绿深景的铁栏上

赤裸及腰的女主角

在第一幕亮相时自杀

匪夷所思的戏码继续在吊灯中上演

舞台渐渐堕入迷雾

我不时咆哮

我打碎人们给我的罐子，从中溃散出一只只蝴蝶

癫狂地撞进了吊灯

在芭蕾幕间曲的借口下，他们假装再给我一些思考的
　时间

我试着用棕色的泥条切开我的手腕

但那是我曾迷失其中的国土

迁徙的索线已不可追拟

阳光的面包把我与一切分隔

一个角色在房间里流转，这唯一一个灵活的角色

戴着一张我容貌的面具

卑鄙地拥护了无知与背叛的阵营

流言说这是种宿命，如同五月与六月，七月与八月

霎时，洞穴陷得更深了

在那些无尽的走廊上，花束高高在上地握在一只手里

孤独地游荡，而我几乎不敢打开我的门

我被一次赋予了太多的自由

乘上雪橇，从床上逃走的自由

让我思念之人复活的自由

铝制座椅圈紧一间冰室 [1]

上面升起一道帷幕，上面绑着已经翠绿的血珠的流苏

猎取面前这些真实表象的自由

这座地牢巧夺天工，它的一堵白墙缀着火点，那是我的
　　轮廓被一颗枪弹穿透了心

---

[1] kiosque de glaces 的原意是贩卖冰激凌的亭子。

一枝荨麻探入窗户

壁纸身体的女人

是壁炉里的红丁鱥

她的记忆是一大堆小小的饮水槽

为远方的船只而造

是她笑得像一小块镶在雪里的红炭

是她在夜里以手风琴的步履体认消长之力

她是草的胸甲，匕首之门的把柄

她从司芬克斯的星光中降落

为多瑙河的扶手椅装上轮子

当她不寐的双眼像精灵般扑闪，她的时空就在傍晚皮开
　　肉绽

她不是我梦中的争战打响的关窍

是易碎的鸟

被自然挂在恍惚的电报线上

在她浩大歌声的数字湖上倾覆

她是那堵失落之墙的双重心脏

被血蝗虫们抓住不放

它们拖着我镜子般的表象，我断裂的手掌

我毛虫般的眼睛，我长长的露脊鲸的头发

被一块闪闪发光的黑蜡封住的这些鲸

警惕

巴黎的圣雅克塔 [1]，飘摇得

如一枝向日葵

它的额头有时碰伤塞纳河，影子在拖船间潜移默化

在睡梦中踮起脚尖的那一刻

向我所躺的房间走去的我

往此处释出一把火

这样，强迫我的东西便再无余地

于是那些家具化作同等大小的动物，凝视我如兄弟

狮子的鬃毛烧着了一把把椅子

角鲨的白腹编入床单的最后一股颤抖

在爱与闭上蓝色眼皮的刹那

我看到自己被焚光了，这庄严的无处藏身之地

成为我的身体

被火朱鹭们孜孜不倦的喙挖尽

一切终结之时，我便隐身进入方舟

不理会生命中的过客，他们在很远的地方荡着拖曳的

　　步声

1　圣雅克塔是法国巴黎第四区的一座哥特式塔楼，是昔日的屠宰场圣雅克教堂（Saint-Jacques-la-Boucherie）仅存的遗迹。一个地标性的建筑。

我看到了太阳的骨棱

透出雨的棘刺

我听见人的衣服像一片宽大的叶子

在缺席与存在的钩连下撕碎

所有的绷架[1]都凋败了，只剩下一根芳烈的丝边

贝纹的形状是完美的乳房

我只触碰事物的心，正如我拿着这根边

1　原文此处为 métier，除了"（刺绣的）绷架"，还有"织机""手艺"
等含义。

懵懂

人们没有忘记

那次劫持的奇异尝试

看有一颗星星，尽管还是白天

手指数目加四的

十四岁女孩

乘电梯回家

花丛上晾干的手帕

是她的胸前恍若无物

她父母居住的那间公寓

父亲是一根牢牢插在阴影中的矮桩，母亲是漂亮的金字
　塔灯罩

公寓位于圣马丁街的一栋楼房的五楼

距离两只巨型蝾螈把守的大门[1] 不远

我每天的几个小时都站在那里

无论是否人在巴黎

美丽的尤弗洛比[2]，人称尤弗洛比的少女

当电梯在三四楼之间停运时惴惴不宁

1　指的应是圣马丁大街上的凯旋门，圣马丁门（Porte Saint-
Martin）。
2　原文中少女的名字 Euphorbe 本意是大戟，一种草本植物。生长
于山坡、路边、荒坡或草丛中。这里音译为人名。

六点的傍晚，圣马丁区把金黄渐渐磨蓝 [1]

就这样挂在麂皮夹克 [2] 上，如同一圈流苏

并不那么让人愉悦

尤弗洛比脚下几英尺的三楼平台上铺着许多浅色的木板

　一条乌鳗般的扶手和几条很长的俏丽黑草

像是某件男人的衣服

上升的少女惊奇自己和一只羽毛的空竹没什么两样

她的眼睛绿得非同寻常，但还没有绿成当归草

这双垂下的眼睛被另外的眼神灼伤，那里有一束硼焰

　闪过

尤弗洛比的小腿低处蕴着倾斜的微光，两只深色的雏鸟，

　温软比其他所有羽毛

硼的双眼凝视它们片刻，随后，火花四溅的目光扩入

　长裙

产自巴黎的长裙很精致

就足以让两个个体理解彼此

好比在一座热带雨季的小屋里，沸腾造就了奇迹

微小的虫豸在角落里摊开真正的旗帜，拖得到处都是

一扇门滑动自己，发出雨伞收束的声音

1　原文的意思直接理解应为：傍晚六点，圣马丁区开始研磨 la craie、le plantain、le vitrail 三种颜色。这三种颜色没有对应中译名，大致是淡黄、暗铬黄以及暗海蓝色。可在这个网站上查看对应颜色 https：//decozon.be/colors/totem。

2　原文中的 veste mexicaine 是一种老式的流苏夹克，流苏绕夹克一周缝制在前胸与后背，根据网络图片，这种夹克以棕黄色麂皮款式居多。

男人知道怀中的孩子双腿的肌肤在裙中颤抖

微微翻起的裙子像一朵吊钟海棠

昏暗楼梯上的影子在肉色的人造大理石墙上生长

群马在暴雨中全速奔驰的影子

被灌木远远越过的灌木的影子

尤其是舞者们的影子，不变的爱侣在呢绒镶边的转盘上
　　永恒

这一刻让时钟的循环列车脱轨

街道 [1] 放出一记记闪电，大戟在恐惧和愉悦之间偷偷地
　　笑了

此刻我看到她分心了，割断的心是栗树飞下的第一只绯
　　色花蕾

一个词就拯救一切

一个词就毁掉一切

钢丝球天空下的陌生人，是仅此一处的诱惑

但这穹顶下面也有恐惧，惊恐的步子来来去去

把那栋遥远的屋子踏成一堆灰泥

好让人们在这里面相爱

恐惧着把她的手指忘在一本书中，于是不再触碰

恐惧着在那第一个来人的身后闭上眼睛，于是疯狂逃离

就这一秒

剩下的我们都知道了

1　la rue，也指狭长的通道。

枪发嘭鸣时，鲜血在绿色的台阶上飞扯而过
但对这个男人还不够快
他身高 1 米 65 而门房没敢阻止这个罕见却有礼的访客
况且他自己也很出色
点燃一支烟就走了
比爱与被爱的痛苦更柔

最后一次起义

我等的那封信在一只信封里匿名出巡

覆着邮票而那上面

以黄道十二宫盖戳

我的名字在它的锯齿之间，隐约难辨

它抵达我时太阳会很冷

布兰奇广场[1]上会布着残骸

此间会浮出我的勇敢

如同一个松鼠的跑轮

我会划桨把它撞开

然后开始宣读

这势必煽起一场集会

但我不可停下

从未听过的话语将会逃出生天

会成为燃烧的稻草

在挂于谜语树上的一只石棉笼中发光

我所等的那封来信，浓淡如熄灭的帆船

---

1 法国巴黎的布兰奇广场（La place Blanche）是克里希大道
（Boulevard de Clichy）上的一个小广场。1871 年 5 月 23 日，巴黎
公社运动末期的血腥一周，当凡尔赛军队为法兰西第三共和国夺回
巴黎时，120 名公社妇女保卫了布兰奇广场。这些妇女挡住了部队，
然后精疲力尽、弹尽粮绝地撤退到皮加尔广场，无法撤退的人则被
当场处决。

但它为我带来的消息都是露水的模样
我会在这些模样里找回我失去的一切
那些轻摇着虚幻之物的光
那些给我一个理由的变了形的动物
那些我相信是为了追踪我自己而搁下的石子
我等的这封信的尺寸是多么的小
愿它别在这一粒粒的毒药中间迷失了路

杀人的伟大救济

洛特雷阿蒙 [1] 的像

刻在奎宁片剂 [2] 的底

《诗》 [3] 的作者趴在

无人的荒原上

可疑的毒蜥在身旁守望

他贴着土地的左耳是被一道闪电占据的

玻璃匣，艺术家没有忘记在它上面画出

一个天蓝色气球，土耳其人头颅的形状 [4]

蒙得维的亚 [5] 的天鹅张开了翅膀，随时准备拍动

诱惑其他天鹅从地平线上飞来

异色的双眼睁开，望向虚假的宇宙

---

1 洛特雷阿蒙（Comte de Lautréamont, 1846—1870），原名伊齐多尔·吕西安·迪卡斯（Isidore Lucien Ducasse），法国诗人，成名作《马尔多罗之歌》。作为一名早夭的天才和狂人，他长期默默无闻，因为被超现实主义者们奉为先驱并大力推崇而在法国重新受到关注。

2 奎宁又称金鸡纳霜，是一种治疗疟疾的药物，副作用包括头痛、耳鸣、视觉障碍以及盗汗。没有资料表明洛特雷阿蒙患过疟疾，但他患有谵妄症以及严重的偏头痛。

3 Poésies 指的应该是洛特雷阿蒙的两部断章（《诗一》《诗二》）。

4 Tête de Turc 字面意义是"土耳其人的头颅"，这个表达在法语中形容经常被嘲笑和攻击的对象，好比其他人的出气筒或替罪羊。

5 蒙得维的亚是乌拉圭的首都，洛特雷阿蒙的出生地。

一只眼睛是睫毛网上的硫酸亚铁¹，另一只眼睛有如钻
　　石的泥浆²

它看到杰作马上就要皱缩在巨大的六边形漏斗中了

是那个人，用绷带将它奋力遮盖

他的镭烛把人间坩埚的底部烧艳

羽毛笔的性器，油纸的大脑

他夜里主持第二次仪式，以火开刀换回鸟与人的心脏

我以痉挛病人的资格接近了他

于是娇媚的女人纷纷把我纳入玫瑰坐垫的马车

她们用长发为我做了一张

永远为我保留的吊床

离开之前嘱托我，在读报的时候不要着凉

这个刻像³如一台钢琴

每个夜里好像都在调谐我神经末梢的那些茅草

1　钢铁在电镀或加涂层前，会先放入硫酸中酸洗，产生大量的硫酸亚铁副产物。常见的形态是蓝绿色的七水合物。
2　boue diamantée 字面意义是"钻石泥"，是一种类似于泥土的物质，含有微小的钻石颗粒，在法语文学作品中，这个表达常被用来形容一种具有钻石般光泽的闪耀物质。
3　即第一行所提到的"洛特雷阿蒙的像"。

维奥莱特·诺齐埃尔[1]（1933）

1　维奥莱特·诺齐埃尔（Violette Nozière，1915—1966）是一名弑亲的法国女学生。18岁时她给她的父母喝了掺有致命剂量巴比妥酸盐的饮料（这不是第一次下药，此前她曾劝说父母服下大量安眠药，那次她自己也服用了，想要三人同归于尽，但计划失败了）。母亲因为苦味倒掉了半杯酒，幸存了下来，于是她被认定谋杀了她的父亲，一审被判处死刑。法庭上，她指控她的父亲对她进行了多年的强奸和性虐待。被捕后，诺齐埃尔表现出的疏离与冷静令人咋舌，媒体由此断定她是个冷酷无情的杀人犯。《精益日报》（L'Excelsior）指控她犯下了"种种滔天罪行"（Les monstrueux crimes），甚至说"精神病专家告诉我们她是个变态"。这些媒体不仅不报道她的供词，反而挖掘她的隐私，曝光她的裸照，极力把她塑造成撒谎精和骗子的形象，以符合人们对于受过良好教育的中产阶级家庭父母的同情与想象。在当时，妇女没有投票权，必须等到21岁成年后才能获得自主权，并且，她们的未来也已经被规划好了：做一个好妻子和好母亲。可是诺齐埃尔与众不同，她首先考虑的是自己的快乐和自由。她不仅酷爱时髦，追求解放和独立，大部分时间都在电影院和小酒馆度过，还曾被抓到在书店偷书。她对自己相对富裕的社会阶层感到羞愧，宁肯对自己的出身背景撒谎也要和拉丁区某些"道德下流"以及"颓废"的学生打成一片。她从有钱的情人那里要钱，又从家里偷钱来养自己贫穷的情人，甚至偶尔卖淫（她谦虚地称之为"功利性的通道"），所以她的生活曝光得越多，就越是受到残酷的口诛笔伐。不过，尽管她当时的反抗不是那么成功，她却依旧被某些革新者看作新时代的偶像。在"一战"后的萧条时代，动荡的阶级、不断打破的城市空间、女性权利、家庭革命和传媒话语的尺度，诺齐埃尔身上融合了无数的矛盾与难题，从而一举成为全法关注的焦点。一些文化阶层的人士为她发声："维奥莱特·诺齐埃尔将留在我们的记忆中，她成为了一首悲伤而可爱的反常颂歌，"《正午巴黎》的一位作家这么评论她："她是青春的倒置缪斯，是翻转世界的猩红偶像，是我们这个时代的邪恶之花"。超现实主义者们当时也均选择相信她的乱伦指控，诗人保罗·艾吕雅（Paul Éluard）写道："维奥莱特梦想着解开／取消／血缘中的那个丑恶蛇结"。这一事件在二十世纪三十年代产生了巨大的影响，并成为法国司法史上的重要案件。最后，她的刑期被减为12年，并于刑满释放后被戴高乐将军赦免。（以上资料与信息来源于多个网站及报道。）

维奥莱特·诺齐埃尔

世上所有遮住你双眼的帷幕

都徒劳无功

在它们致人死地的玻璃面前

拉开那张受诅的祖先之弓和后裔之弓

你便从头到脚都不像个活生生的人，也不像是

神话中的鬼

你的监狱是他们梦中奔赴的救命稻草

那些回到此处的，统统被它焚烧

他们偷偷地缳出你的行迹

好比在街上溯求一种馥郁的源头

费内隆高中 [1] 的那个漂亮女学生在她的课桌里养蝙蝠

黑板上的小雪钟 [2]

返回了家庭住所，那里开着

黑夜的道德之窗

这对父母又一次为了他们的小孩放血

一副餐具早已摆上手术台

---

[1]　一所著名的巴黎女子高中，诺齐埃尔在此就读。

[2]　雪花莲的别称。《圣经》中，夏娃被逐出伊甸园时，一个天使把雪花变成了雪花莲送给夏娃作为希望。

那个大胆的男人之所以龌蹉，是为了更加逼真

据说他是总统列车的机械师

在抛锚的国度里是最高领导人

当他因为害怕自行车而放弃徒步旅行时

最急迫的事情就是为了穿着衬衫在堤坝上嬉戏而拉响
　　警报

那个优秀的女人在她女儿的课本上读到高乃依

她是法国女人所以她读懂了

何况她的公寓里有个奇怪的杂物间

里面神秘地闪耀着一件内衣

她可不是把二十法郎嬉笑着塞进袜子的那种人

缝在裙褶上的千元钞票

确保了赴死前的尸僵

邻居们很满意

而一整个国家

满意自己成为他们的邻居

故事说

诺齐埃尔先生是个有远见的人

不只是因为他攒了十六万五千法郎

最要紧的是，此人为他的女儿选了一个名字[1]，从这名

1　Violette 的开头是 viol，强暴的意思。

字的第一部分，我们可以从精神分析的角度[1]窥见他
　的计划
枕边图书馆，我是说那个床头柜
此后便只剩下一种说明的价值

"我爸爸有时会忘记我是他的女儿[2]"
　　　　不可救药者
既害怕出卖自己，又对此梦寐以求
遮掩的言语正如苔藓上濒死的叹息
谁说从你勇敢的口中听见了，这值得勇敢的全部东西
今天这种勇气已经绝无仅有
为了补偿我们，它自行冲向旱金莲的花棚，就这样消
　　失了
火山口一样美丽的花棚

但这是怎样的呼救啊
在一个曾向你求欢的人的床上
对另一个人吐露你的痛苦
无法比拟的少女的礼物
在你的爱抚之下从善如流
这个过路人当然是暗淡的

1　根据资料，当时有大量的报道从弗洛依德式精神分析的角度来
研究这一案件背后的家族故事。
2　诺齐埃尔接受采访时说的话。

不眠之夜里除了一记耳光，无可向你飞来

你逃避的
你只能把它丢在偶然的怀中
谁让巴黎午后的余烬无尽地围着那些女人飘荡
她们疯魔的水晶眼神
屈从于那个伟大的无名的欲望
不可一世地
为我们默默回响着
你父亲给了你，又从你身上夺走的那个名字

在你甜蜜的高跟鞋着陆的地方，纷至沓来的那帮人
无论他们是否假装不以为然，一切都已无关紧要
面对你地下墓穴之花的性瓣
学生老朽腐败的记者虚伪的革命家乃至神甫法官
动摇的辩护人
无不心知，一切等级制度已在此戛然而止

可是有这么一个年轻人，在咖啡馆的露台上捉摸不透地
　等你 [1]

1 根据 1933 年 8 月 29 日的《日报》，诺奇埃尔在离军事学院不远
的一家咖啡馆被捕时，正与一个年轻人约会。

听说他不时会在拉丁区兜售法兰西运动 [1]

别再做我的敌人了因为你爱他

你们本可以生活在一起的，尽管同他的爱一起生活是如
此艰难

他写信时把你称作卑鄙的宝贝

这还是很美的

在没有那么灵通以前，稚嫩的金钱不过只是浪上的浮沫

在部队和狗部队散去的很久以后

维奥莱特

这场无法更加诗意的邂逅，是一个无迹可寻的女人，独
自待在战神广场 [2] 的小树林里

双腿 X 形地坐在一把黄色的椅子上

---

1 "法兰西运动"（法语：Action Française）是以 1894 年的德雷福斯事件为契机而组成的法国君主主义的右翼组织，1899 年创刊了同名机关报。

2 根据报道，犯罪之后，诺奇埃尔一直在战神广场附近徘徊，报纸据此判断她毫无悔意。

水之气（1934）

水之气

一个吻的世界中

袖边缝了卜棒[1]的投机分子

安抚了一群从突峭上

喧哗而下的年幼狮犾

无尽浊色里，我看见四轮夜车

被穿着蓝靴的美西螈[2]拖过

遁入闪烁无常的坟道

铺满了眼睑和它们的睫毛

以牙还牙的律法消磨了一个星光灿烂的民族

为了我，你用一滴黑露水使自己斑斓

可那令人毛骨悚然的精神魔障

生着藤蔓的头发

纵向裂开

为飞回那片邻湖的白鹭

让行

这奇观的栏杆扭曲得厉害

一个小清晨的苜蓿地里

1　卜棒，一种榛木棒，迷信者会用其寻找水源、宝物和矿藏。
2　美西螈，即墨西哥钝口螈，俗称"六角恐龙"，有独特的类似蕨类植物的不封闭鳃结构。它们的六根鳃平均分布于头部两侧，每边三根。

长长的空气之梭是那人逃亡的唯一证据

时间

不过是乘着金鸡菊飞轮的波西米亚人身上

金币的沸腾声

一位女骑手在球云斑点的马上疾驰

从远处看，她的双臂总是向两侧伸去

那片尘土飞扬的菱形叫我想起

枕乡中的印第安人

用蓝犀牛装饰的帐篷

一张纯水做的柜台上

空气试戴槲寄生的手套

一个吻的世界中，我的世界

是那些硕大的壳

它们来自腹部亲水的天堂龟

逢夜必在爱中战斗

敌手是巨黑鼋

根的参天蜈蚣

龙睛[1]在书底打碎石子

滚动石子的快乐

好像从前，年幼的女孩子们穿着刺槐长袍

跳上驴背

天色明亮如斯，我发抖不止

一阵风掠过了你的眼神，我便也再见不到你了

所有暗礁都已各奔前程

在灭弧器前，最后一行路灯也连连退却

戴着白蝴蝶凝成的潜水盔

他们是不会冒险进入的

这座巨蓟[2]草之邦，吹着磨灭甲虫的金风

我住在一朵蓟花的心央

那里，你的头发是海底的一只只把手

一个个用来捏住宝物的柄

我们可以在颤抖的房间中穿行

在喷泉森林

在冰岛的巨大方解石中，无畏地迷走

被一千只天堂鸟的起飞浇灌的，你的肉身

1　龙睛，金鱼的代表品种，眼睛或大或高突。

2　巨蓟，蓟属菊科，多年生草本植物，花头红紫色。

是一蓬卧雪的高焰

雪为了找到你

白狼的床降下了一望无际

我梦见你无尽地重叠着你自己

你坐在珊瑚高凳上

在你那面永远是上弦月的镜子前面

两根手指按下梳子的水齿

与此同时

你从旅途回来，最后一次

在流淌电光的洞穴里徘徊

你不认得我了

你在床上睡着或醒来

你在你睡着的地方醒来或在别处醒来

你赤裸着，木髓球[1]还在瑟瑟

上千个验电器的木髓球在你头上嗡鸣

太轻了，所以你从未察觉

你的呼吸和血液逃过了以太的狂舞

你穿过马路时，向你扑来的车只是它们的影子

和那困在闪烁风箱里的

同一个

孩子

1　用丝线悬挂一个木髓球，如果物体带电，则球将被吸引并朝其移动。对木髓球显示吸引力的空间就是存在静电场的空间。

你不断跳过那根绳

直到在看不见的阶梯顶端出现

一只绿蝴蝶，独自萦绕在亚洲之巅

我在一切依旧如此的事物中

抚摸着曾经是你的一切

我聆听你无数的手臂

美妙的嗤嗤

所有树上唯一的蛇

你怀抱中转动着水晶罗盘 [1]

我活生生的湿婆泉 [2]

1　la rose des vents 是指地图上显示方位的罗盘图形，四周是均匀
扩散的指针：N 代表北方，S 代表南方，E 代表东方，W 代表西方
和中间方向，最多 32 个方向，也许因为很像绽放的花朵而得名。中
世纪的罗盘玫瑰有时将东方放在顶部，以表示耶路撒冷（从欧洲人
的角度看就是东方）优于任何其他地方。
2　直译应为"我活生生的锡瓦斯喷泉"。在土耳其东北部锡瓦斯省
的省会锡瓦斯，那里的迪夫里伊大清真寺建筑群中有一个知名的喷
泉。但这里的 sivas 应是双关，同时指毁灭之神湿婆（S'iva），印度
教三大主神之一，拥有四只手臂以及各种化身和面相，一条蛇盘绕
在他的脖子上，湿婆长年在喜马拉雅山上的吉婆姿峰上修炼瑜伽。
湿婆的出现呼应了前文中的多个意向，也是本段的题心。

性的天鹰座[1]狂喜，它将再次为地球镀金

它的翅膀扑落

又升起，悄无声息地挥舞着薄荷的袖子

以及所有迷人的水衣

斗转星移

镜子已让位于大批投石器

我看见天上只有一粒星星了

我们周围只剩下画着漩涡的乳汁

为玛瑙的眼球注入柔和的直觉

有时它会反抗起来，用伞尖刺入电灯的泥塘

在我闭起的眼潭深处抛下广阔的锚点

闪耀着未来世界一切习俗的冰川

从未知的、冰冷的、飞走的你的一小片里诞生了

你的存在是从我怀里逃逸的巨大花束

它挖出墙壁，展开楼梯

从街头的橱窗上凋零涂地

消息我不停地追寻你的消息

今日的报纸做成了玻璃，倘若那些字母不再抵达

1　原文为大写的 L'AIGLE，是双关，在本句应取天鹰座的意思，但对下句而言是鹰的意思。此处的性鹰或指男性生殖器。

那是因为列车已被吃掉

祖母绿的大切口生出树叶，永远地结疤了

锯木厂的雪花刺眼，肉身的采石场在第一缕光线里独自

　　嗡鸣

我带着生与死的印记

翻倒在这光线里

冲入液体的大气

萨德侯爵回到了喷发的火山体内

那也是他的来处

他飘着流苏的美丽双手

和纯真眼神的理智

连同那声只属于他的求饶[1]

抵足而眠

在装满了内脏之灯的磷光闪闪的厅膛里

他不断挥出神秘的命令

锯开道德的黑夜

从一条缺口中我瞧见

破开的巨大阴影，炸裂的顽固树皮

解体

让我得以爱你

就像第一个男人全然自由地爱上第一个女人

为了这种自由

烈火把自己拧成一个人

萨德侯爵用他那些抽象的大树挑战了好几个世纪

悲剧的杂技演员挂在上面

紧握着欲望的蛛丝

---

1 sauve-qui-peut，指"逃命吧！"的喊叫声。这里理解为"救命"。

我面前的盐仙子

裙上绣着羔羊

一直下到海里

阳光下，她像一盏活水的吊灯

骤降的面纱把整座山脉照成虹色

夜晚的小陶匠们，用没有月牙的指甲

完成颠茄[1]咖啡的招待

沿着一条在两只白鼬的抚摸中消失的踪迹

时间在它布满雪星的皮鞋后面奇迹般地模糊了

来时的危险扩散已广

黑刺李篱笆上的炭火没有被珊瑚蛇扑灭

像极了一张薄薄的凝血的网

炉膛的底

仍旧黑得壮丽

炉膛的底，我学会去看的地方

报春花脊背的可丽饼在上面跳个不停

可丽饼，必须抛到那么高的地方才能涂金

在它的发丝里

1　颠茄的果实甘甜，但有剧毒。这里指的应该是将颠茄放入咖啡的动作。

我找回了失去的味道

这魔饼子，以我们的爱情印成的

空气的火漆

1934 年的朦胧黎明

空气是火鱼的颜色，一种惊艳的绯红

我要进入的这片森林

第一棵树的叶子全是烟纸 [1]

因为我在等你

只要你与我同行

无论到哪里

你的嘴总是像一朵天生的麦仙翁 [2]

不断生出向上的蓝车轮 [3]，散逸，破碎

在车辙中失色 [4]

所有幻觉都奔赴我

一只松鼠来了，把它的白肚皮贴在我的心上

我不知道它为何站着

可是大地充满了比水更深的反射

仿佛金属终于摇晃了它的外壳

而你躺在这片可怕的宝石大海上

---

[1] 即卷烟草用的半透明薄纸。

[2] 麦仙翁，一种花朵艳丽、有毒的植物。

[3] 推测是吐出的烟圈。

[4] 推测这两句是在描述花的造型结构。想象中的蓝色车轮从花心出发，在花瓣上压出深蓝色的断断续续的线，并消失在花瓣顶端。

赤裸着

在一轮焰火般的巨日下旋转

我见你从放射虫 [1]、贝壳甚至海胆中

缓缓漂落，我也曾在那里

抱歉我已经不在那里了

抬起头，是因为那个活生生的白丝绒盒子离开了我

而我很难过

叶缝中的天空蜻蜓般地闪着惊恐而顽固的光 [2]

想要闭上眼睛的时候

突然分开的两根木质骨架，无声摔下

如同巨大铃兰的两片心叶

一朵足以容纳整个夜晚的花

我就在你能看见我的地方

在每次起飞的压倒性香气里

在日复一日地回到不断变化的生活之前

我还有时间，将我的嘴唇

贴在你玻璃的腿上

---

1 放射虫是海生漂浮的单细胞动物，具放射排列的线状伪足。
2 推测是它的眼泪。

那个肚脐上嵌着一块同色石头的

紫色双眼的巴比伦小女孩，太苍白了

当杰奎琳 [1] 之手

如十字架一样在夜园上空绽开时

手心上的你是有害的

永远潮润的超时空之眼

现在、过去和未来构成的花朵

你可将它唤作先知的沉默

我叹颂这叠合所独有的光

俯视这只冰川顶部的巨大花饰，是喜悦的

有一天人们会发觉，奇妙的渗透把地面钻成了喇叭

初见时怪异却微渺的事变范围

以及它们占为己有的禀赋，终于眩晕了我自己

我叹颂你致命的地平线

在我爱的手心，你不经意地瞬目

在生的帷幕

与爱的帷幕之间

紫眼

1　杰奎琳·兰巴是布勒东的第二任妻子，他们于1934年结婚。

ZY[1]

操刀必割的诡秘声母

---

1 原文是 Yeux zinzolins / Y Z / De l'alphabet secret de la toute-nécessité。直译应为"绛紫色双眼 / Z Y / 务必使用的秘密字母"。

那个快要五点的早上

雾蒙蒙的船绷紧链子，扯响了玻璃

外面

一只萤火虫

如一片树叶掀起巴黎

这只是一场颤抖不绝的尖叫

从附近的妇产医院传来的尖叫

耗尽了发疯的铸铁工

凡从喜悦中来的东西，都煎在这痛苦的蒸汽里

我似乎已经摔倒很久了

拳头还攥着一把草

忽然间，这些花，这些针

这些绿色眉毛、流星的刺

不知从多么深的地方，窸窸窣窣地拉出一口

密不透风的钟

直至前夜我还不知它会来到地面

钟的墙壁

美人鱼

抬起射手座的箭头 [1]

你用我的魔力

刻下了那些万无一失的印记

一把珊瑚刀柄无尽分叉的匕首

将你的血与我的

溶而为一

<hr />

1 推测原文应为文字游戏：sagittaire 本是搭弓射箭的人马座，此处应有 sagittarius 的意思，指箭头，一种水生植物。和前句中的美人鱼相和。

你的四肢远离了，它们在你周围铺开绿色的床单

而外部世界

变为虚线

别再玩了，牧场已经褪色，村庄的日子也并到了一起

而社会谜题

终于推出了它最新的暗码

今天早晨，柱床上的这些被子依旧扯起了帆

和你在那座混沌无比的柳树城堡里潜行

羊的瞳孔之中万物颠倒

我也曾离开

我命定的青杏仁床单 [1]

当你行走起来的时候，当金星的铜皮 [2]

支配着这光滑无边的薄板时

你伟大的液体之翼

在玻璃匠的歌声中挥动

---

1 结合后文中"铜皮"的"金星"，猜测这"青杏仁床单"与前文中的"绿色床单"指的是地球的地表。而后文中的"液体之翼"，或许与大海有关。

2 铜是代表着金星的金属，与炼金术密切相关。

仍在运动

随着褐色海星与牡蛎壳的春磨，有节奏地运动

在极乐群岛 [1] 吃小食的时候

我想起了一本久远的游记

据说有个水手，被抛弃在群岛中的一座

他如此狂乱地爱上了一个土著女人

并被如此狂乱地爱着

以至于他们交换了对一切事物的印象，有时甚至莫可

  名状

凭借仅有的言语——抚摸

看到你的时候，我在自己身上发现了这个男人，他一心

  要忘记话语之力

当一个朋友不无道理地责备我

未曾对这诗意的附魔表现出足够的怀疑时

我笑了

他甚至谈到，这种残暴而走样的直觉

无非是对黄金时代的怀旧

可是，现代事件的原始而终极的意义

1　"极乐群岛"即印度洋西部的群岛索科特拉岛。它的名字来自梵语的"极乐"。

绝非悉数可夺

而相遇

是真正的择取，因为它来自男人

也来自女人

我发现的你，对我而言永远有待于发现

早期航海人，比起国家的缘故

更像是为了自己

在塞壬的歌声中无尽航行

这种相遇

与它包含的一切之间隔着致命的距离

两个各自主观的系统中的一个

奔向另一个的仓促

引动了一系列无比真实的现象

催合成一个鲜明的世界

它的本质使我们看到的一切蒙羞

有了它的存在

文明的野蛮便无能为力

我刚才在"人道报[1]"上读到

在奥伊罗特[2]

这片二十年来所有漂亮女孩都被卖给

---

1 《人道报》是法国的一份全国性日报，由法国共产党实际控制。
它的口号是"在一个理想的世界出现以前，《人道报》将始终存在。"
2 奥伊罗特自治州成立于1922年，是苏联的苏维埃自治州，也即
后来的"阿尔泰共和国"。

贝伊[1]的土地上

妇女现已获得了她们的自决权

人们现在已经可以看见

一个年轻男子为一个年轻女孩带来一束小花

1　贝伊（土耳其语：Bey），在哈萨克语中称作"比"（哈萨克语：Би），是突厥语中"首领"或"酋长"之意，后来成为奥斯曼帝国属地以及中亚、南亚地区伊斯兰教人士的一种头衔，有"总督""老爷"等意思。

如果我是你，我会对傀儡骑士保持警惕[1]

那个叫鲁杰罗的家伙救出安杰莉卡[2]的方法

成为各个地铁口的主导动机[3]

在你发间列成一排的

是一种迷人的小人国的幻觉

可是这个傀儡骑士这傀儡骑士

抓住你的屁股，扔你到高耸的白杨道上

那里，第一批落叶为粉色的空气面包抹上黄油

我爱这些纸页[4]就像

爱你内心最高的独立

它们微弱的平衡

从紫罗兰[5]开始构成

足以透出你身体最柔软的褶皱

无法破译的致命信息

1　猜测这段诗描述的是"二战"期间德军占领法国后，纳粹在巴黎建立的贝当傀儡政权统治下的街头群像。

2　在诗人阿里奥斯托（Ludovico Ariosto，1474—1533）的叙事长诗《疯狂的奥兰多》中，被命运一次次戏弄、不断掉入陷阱的英雄骑士鲁杰罗从海怪手下救出女仆安杰丽卡。

3　主导动机（德语：Leitmotiv）指一个贯穿整部音乐作品的动机。此概念由作曲家瓦格纳提出。

4　原文中的 feuilles，既指上文中的叶子，又指政治小报和印刷品。

5　猜测与拿破仑有关。他最爱紫罗兰，因此这是他凯旋时的欢迎花。

装在常年盛着大海的瓶子里

我喜欢看到这些纸页团聚，像一只白色公鸡 [1]

在暴力城堡的台阶上，愤怒地立定

逐渐心碎的冷光之中这分明不再只是活着的问题

猎人扛着一把野鸡枪托的步枪

藏在迷人的矮丛里

那些茂叶是达娜厄 [2] 的铸币

他给我靠近你的机会，是为了让我再也见不到你

将这片蹂躏过的黄地抱向你自己

你眼里最明亮的地方

有树木在飞行

那里的建筑物开始摇晃于一种糟糕的快乐

那里，马戏团继续在街上游戏，奢侈得百无禁忌

继续活着 [3]

是最远的地方，有两三个人影出现了

拥挤的群众头上拍着议会旗 [4]

1　猜测与代表法国精神的高卢雄鸡有关。

2　达娜厄，希腊神话人物，阿耳戈斯国王阿克里西俄斯的女儿，她曾被父亲关在宫殿下面的一个地窖里，以防止她被自己儿子杀死的预言成真。而宙斯趁着达娜厄睡觉的时候化作一阵金雨与她交合，她因此生下了珀尔修斯，预言还是实现了。

3　survivre，在未来的意义上对应前面的"活着"（vivre），在对过去的意义上也可理解为"幸免于难"。

4　结合前注，猜测这两行描述的是贝当政府（两三个人影）擅自代表全民投降一事。

听说那里的海滩都是黑色的

从熔岩抵入大海

在一座雪汽蒸腾的巨峰脚下披开

野金丝雀的第二个太阳下面

究竟是哪座远方的国

从你生命里汲取了所有的光

在你的睫尖上，真实颤抖着的光

柔贴着你的肤色，像一片虚幻的布料

从微启的陈箱里钻出

从你身后

把它最后的暗火扔在你的两腿之间

这块失落的天堂之壤

爱的镜子，黑的冰

你双臂的深根，向着

春天的证据启照

效法

恶的不存在

所有的苹果树都在海上盛开

始终像是第一次

我几乎不认识你的模样

夜里，你在这样的时刻走进斜对我窗棂的一所房子

虚构的房子

就在那里，一秒接着一秒

贞洁的黑暗中

我等待着，一次次迷人的撕裂会露出什么

绝伦的撕裂

从门庭刺穿我的心

我离你越近

现实中

未知的那间房，门匙便摇得越响

你独自现身在我前方

一开始就熔入了光辉

窗帘转瞬即逝的那个角度

黎明时分，我在格拉斯[1]附近的某条路上凝视一片茉莉
    花田

和它对角线上的采摘女

她们身后，黑色的翅膀从稀枯植物上落下

---

1 普罗旺斯的格拉斯镇有无数的花田，那里是法国香水产业的
中心。

她们面前是炫目的三角尺

帷幕被无形地掀起

所有的花都在骚动中归来

是你，与这过分暧昧的时间搏斗太久直至睡去

你的样子，就像你原来那样

你大可始终那样，只是我可能永远不会再与你相遇了

你假装不知道我在注视你

奇妙的是，我多么确定你知道

你的惫懒在我眼中塞满泪水

你的一举一动都被解释的迷雾包围

这是一次对蜜的狩猎

一座桥上放着摇椅，放着那些也许会在森林里划伤你的
　　枝堆

洛雷特圣母街的一个橱窗里

长筒袜[1]的双腿交叉

从一枚白色苜蓿的中心扩大

常春藤上伸开了一绺丝质的梯子

只有

当我俯于

你在与不在的无望铸成的崖边时

才发现了这个秘密

原来我爱你

始终像是第一次

1　dans de hauts bas，文字游戏，既是"高筒袜"，又是"在高低中"
的意思。

156

1935— 1940

世界

在水漂[1]夫人的客厅里

镜子是榨平的露珠

一根常春藤的独臂构起托脚桌

地毯如海浪般死去

在水漂夫人的客厅里

月光茶以夜鹰蛋壳奉上

窗帘触发融雪

钢琴在湛湛珠色中失去唯一的体积，化作灭点

在水漂夫人的客厅里

白桦叶下的矮灯

用穿山甲的鳞片缠上了烟囱

水漂夫人按铃时

门便裂开，让秋千般摇摆的女仆通过

---

1 斜掷的石片接触水面后的漂掠、连续弹跳。

魔井

从外面看，空气在冷却
篝火在森林的蓝水瓶下熄灭

大自然在它的小夜壶¹里吐口水
它没有厚度的刷子，渐渐涂亮灌木与船只的骨棱

这座城市生着长长的雷电的刺²
沿着在废弃街道上盘旋的音乐之坡
上延直到迷失

被抛弃的跳方格在天空中挨着个地翻滚
漏斗的深底
目光踏成的蕨根中
我与湖上的女士有个约会
我知道她会来
就像我在灯笼花³下入梦那一次

1　原文应为文字游戏：boîte de nuit 一般是夜总会的意思，但此处指的应该是痰盂或小夜壶。
2　原文的 fulgores 在法语中是樗鸡的意思，但在西班牙语中是雷电的意思，根据上下文猜测这里使用的是这个词在西班牙语中的意涵。
3　灯笼花即吊钟海棠。

160

来到这里

代替云朵之屋里，自下而上的悬挂

一部电梯，它的笼壁上成簇爆出的女人的衣服

逐渐翠绿

是我的

那朵沼气的花

雪白的猫鲨[1]和人的浮子

伟大神圣谜语，是我的

奥菲莉亚，待在五月蚊蚋的芭蕾中，比顺流而下更好[2]

深谙鼠鲨[3]秘密的人，有着铅垂线的倒影

我看到了闪耀着钻石尘埃的鞋底，我看到了白孔雀在壁

　　炉的隔热屏后旋踵

1　猫鲨，一种来自沿海地区的小型无害鲨鱼，浅色的皮肤上点缀
着棕色的斑点。
2　《哈姆雷特》中的女主角奥菲利亚精神失常后落水溺亡。
3　鼠鲨，也指鲭鲨科鱼类，一种体背侧灰色或蓝灰色、腹侧灰白色
的鲨鱼，译作鼠鲨是为了和上文的猫鲨对应。

人们本末倒置的那些女人是他们唯独不曾见过的女人

他的笑容是替采珠的潜水员赎罪

为此他们换成了珊瑚的肺

一只戴着头盔的水母[1]，它的伞体在玻璃中慢慢旋转

我沿着轮廓抚摸着它伸出触手的胎腹

两个世界，我的声音无法抵达她那里

就算把一封全部拆开，四角带着胶水的信纸扔进她的

　塔里

也毫无意义

人们把彼得·艾伯特逊[2]的灿烂手铐给我

当大腿从首饰盒里溢出，危险的踏板游戏启动的时候

我是一个日渐疯狂的屋顶工

扯下一片一片的瓦，直到把屋顶彻底掀掉

只为看清龙卷风如何从海上升起

只为奔赴鲜花的征战

1　原文应有双关：Méduse 以首字母大写出现，应该译作美杜莎（蛇发女妖），但在这句诗里明显是在描写水母，即法语单词 méduse 的意思。

2　乔治·杜·莫里耶（George du Maurier，1834—1896）在1891年创作的同名小说。后于1935年拍成黑白电影。剧情大致是：建筑师彼得·艾伯特逊受雇于塔斯公爵，要为他设计一座建筑。然而艾伯特逊发现，塔斯公爵夫人玛丽原来是他青梅竹马的爱人。他们的爱情复活了，但彼得因意外杀人被判处终身监禁。玛丽在梦中来到他身边，他们在梦境中实现了他们的浪漫。

那个美丽的发明

是为了取代布谷鸟，荡秋千的自鸣钟

标记悬空的时间

大地中心枝形吊灯的挂坠

我的玫瑰沙漏

是不会浮出水面的你

在一个个纯粹挑衅的花园里看着我却没有看见我的你

从逃之夭夭的火车上向我飞吻的你

追上这一切

致本杰明·佩雷特 [1]

在俄克拉荷马州印第安人的领地中心

一个坐着的男人

眼睛像一只绕着一罐冰草转圈的猫咪

一个被围住的男人

透过他的窗户看去

是威逼利诱的众神议会

每天早上,愤怒的仙女

越来越多地从雾中站起

1 本杰明·佩雷特(Benjamin Péret, 1899—1959)是法国诗人,巴黎达达主义者,法国超现实主义运动的创始人和核心成员。整首诗所描述的场景都与他的性格和生平有着千丝万缕的联系。第一次世界大战期间,佩雷特应征加入了法国军队的魁北克部队,曾因为阻止军队用油漆玷污当地的雕像遭到监禁。他在巴尔干半岛参加了军事行动,然后被部署到希腊的萨洛尼卡。在通过火车进行的一次例行调动中,他发现了一份放在站台长椅上的《Sic》杂志,上面有阿波利奈尔的诗作,这激发了他对诗歌的热爱。战争快结束时,他在希腊患上了痢疾,导致他被遣返回国。战争结束后,他追随安德烈·布勒东加入新兴的超现实主义运动,与墨西哥作家奥克塔维奥·帕斯一起工作并对其产生影响。1924 年秋天,他成为《超现实主义革命》杂志的联合编辑,1925 年成为总编。1929 年,他与妻子移民巴西。然而就在两年后,他在里约热内户被逮捕并被驱逐出巴西,理由是他是一个“共产主义的煽动者”——他与姐夫马里奥·佩德罗萨一起组建了基于托洛茨基思想的巴西共产主义联盟。随后,他又在西班牙内战爆发时去了西班牙,并加入了皮诺·德·埃布罗的无政府主义民兵组织。1940 年回到法国后,他因其政治活动被监禁。获释后,他在美国紧急救援委员会的帮助下前往墨西哥,直到1947 年才回到巴黎。

一座座的西班牙圣母像，内切于一个狭窄的等腰三角形

不动彗星的金风，褪色了她们的头发

石油像埃莱奥诺雷[1]的头发一样

在好几座大陆上沸腾

透明的油核里

目极之地，有军队在互相瞻望

有歌声在一盏提灯的羽翼下行进

也有这样一种希望，希望能够走得那么快

以至于在你眼里

树叶与灯光都沿着玻璃体交融

在游牧的十字路口

有个人

四周画了一个圆圈

就像一只被包围的母鸡

活埋在他衣橱里无限堆叠的蓝桌布的倒影中

落日的余晖下

一个头颅缝在身上的人

1　应指奥地利的埃莱奥诺雷（1498—1558），奥地利的女大公和卡斯蒂利亚公主，后来的葡萄牙和法国的王后。

双手变成箱鲀 [1]

这个国家像一个巨大的夜总会

来自世界尽头的各色女人

肩膀上滚动着所有大海的鹅卵石

美国机构不会忘记为这些印第安酋长赋予权力

在其被钻井的土地上

他们还是可以自由行动的

仅在战争条约规定的范围之内

无用的财富

是沉睡之水的千层眼皮

那个财产管理人每月都来

他把礼帽放在覆有一层箭矢纱帐的床上

从他的海豹皮手提箱里

洒出最新的制造商目录

我们小的时候见到那只手如翅膀似的翩翩起舞

一次，尤其那一次

是一本汽车目录

它介绍了一种婚礼用车

车尾延伸到十几米之长

1　箱鲀的形象名是盒子鱼，成年鱼的身体大部分被盒状的骨架包围着。成熟的雄鱼背部有艳蓝色斑点，体色黄绿色。让人想到在注视剧烈的光芒后，视线上出现蓝色光斑的感觉。

用于新娘的拖裙

大画家的车

削成一根棱柱

州长的车

就像海胆，每根棘刺都是一束火焰喷射器

尤其是

一辆快速的黑轿车

以珍珠质的群鹰加顶

每一个琢面都镂刻着客厅壁炉上的叶饰纹样

像是海浪中

只能被闪电移动的马车

就像闭上眼睛的老鼠簕公主[1]乘坐的那辆

还有一辆爬满灰蛞蝓的巨型手推车

喷着在圣雅克塔花园的致命时刻出现的那种火舌

一条快鱼被海藻缠住，尾巴的拍打成倍增加

一辆盛大的悼念车

用来送别一个未来神圣皇帝的最后旅程

它的奇妙非凡

足以让整个生活于事无补

1　在希腊神话中，老鼠簕（Akantha）是一位树林中的仙女（宁芙）。太阳神阿波罗爱上了她，而她抓伤了他的脸。阿波罗恼羞成怒，把她变成一株喜欢阳光的带刺植物。古罗马雕塑中常用老鼠簕作为装饰。

没有犹豫，手指指向了冰冷的图像

从那以后

带着海神冠冕的人

手握在他的珍珠方向盘上

每天夜里，都来掖好玉米女神[1]的床

我为诗意的历史留下

这位被驱逐的领袖，有点像是我们中的一员

这个独自参加大环线的人

这个在新机器里锈迹斑斑的人

让风降了半旗

怎么称呼他呢

他有一个华丽的名字：追上这一切

追风逐日，追云逐电[2]

追向你的好运，那是一连串的欢歌与警笛

追击你梦中的生灵，它们已在白褶裙的轮刑中奄奄一息

捉住那个没有指头的戒指

奔驰在大雪崩以前

1938 年 10 月 29 日

1　女神奇考梅特尔是来自于阿兹特克神话里的七蛇神、农耕女神、女性玉米之神。

2　原文是同时追上两只野兔，来源于一句法语谚语：Il ne faut pas courir deux lièvres à la fois。意思是不要同时追两只兔子，免得一无所获。

何种底色

乡下的大肚衣橱

在牛奶轨道上无声地滑动

时候到了，女孩们被滚动飞廉[1]的夜的洪流举起

绷紧身体，抵抗貂的咬伤

呻吟声

塑造她们的会厌[2]

　　　　　这些事情按照另一种顺序发生便就毫无意义

　　　　　别再提起那种荆棘花纹的壁纸了

　　　　　它没有什么危在旦夕

　　　　　除了割破自己

黑色火焰与草的舌头在炉膛中搏斗

遥远的奔驰

是黄杨木和紫罗兰树林中响起的，地下的冲锋声

整个房间翻了个底朝天

一排灿烂的锡制测度耗到仅剩一格，说到底，那是灰色

1　飞廉，一种菊科植物。

2　会厌，下咽部的一个特殊结构，位于舌根后方、喉腔入口，呈瓣状。说话或呼吸时，会厌向上，使喉腔开放；咽东西时，会厌向下。原文中直译过来本应是"喉头的那些尖"。

的葡萄酒

白日的暴雨中，大腿在黑板上奔波

人的矿藏，低语的湖泊

牵在这些古老壁龛拉环上的思绪

把它一劳永逸地留给我好吗

魔鬼蝇在这些指甲上看到

一瓣苹果中的籽以露水凝成

从生命的深处重现

鱼群的身体溢出了滴水的渔网

床的周围

空气的荆棘丛中

亲爱的漂泊的阿耳戈斯¹，那些惺忪的眼眸²

1940 年 5 月 9 日，普瓦捷³

1　阿耳戈斯，希腊神话中的百眼巨人，即使睡觉时也总有一些眼睛还睁着。阿耳戈斯死后，赫拉取下他的眼睛，撒在她的孔雀的尾巴上作为装饰。原文中这里是小写的 argus，代表敏锐的人或者监视者、密探的意思。
2　根据诗中的线索，推测整首诗与乡间女孩们的情爱活动有关。
3　普瓦捷，法国西部城市，历史悠久，高卢时期为皮克通人的都城：732 年和 1356 年两次发生“普瓦捷战役”，对法国历史产生重大影响，法国大革命后成为维埃纳省的省会。

盈边（1940）

盈边

致皮埃尔·马比耶[1]

我不在门徒之列

我从未住过那个叫作蛙塘[2]的地方

我的心灯向那些广场逐个挨去，挨近便发出哽咽

我只沉迷于那些不羁的东西

一棵风暴选中的树

被泡沫拖回的暮光之船

满目疮痍的建筑和它蜥蜴般不瞬的凝视

我只能看见那些与时代格格不入的女人

她们被深渊的蒸汽举起，向我拂来

或者刚刚离开，不到一秒就如扬琴手般走在了我的前面

她们头发举火，即便街上的微风吹过

1　皮埃尔·马比耶（Pierre Mabille, 1904—1952），外科医生，社会学家，作家，艺术评论家，炼金术、占星术和伏都教的学生。他从 1934 年开始活跃于超现实主义团体，是法国驻海地的文化专员和那里的法国学院的第一任院长（1945）；并在巴黎的人类学学院和医学院任教（1949—1951），是一位名副其实的多面手，布勒东的亲密好友。在海地，布勒东经常和马比耶一起参加伏都教祭礼。

2　19 世纪塞纳河上的浴场 La Grenouillère（蛙塘）是巴黎年轻中产阶级频繁出入的场所。1869 年夏天，雷诺阿与莫奈分别创作了两幅以蛙塘为题的作品，印象派由此诞生。

所有女人之中的拜占庭女王，双眼从那么遥远的海外

　　袭来

以至于当她第一次在巴黎大堂[1]向我现身时，我就永远

　　失掉了自己

除非她在紫罗兰商人的车窗玻璃上繁衍无尽

所有女人之中那个在洞穴里长大的女孩，她用一生的紧

　　拥延长了爱斯基摩的夜

当终于来临的拂晓让她精疲力尽的时候，就把驯鹿刻在

　　窗上

所有女人之中那个嘴唇红如旱金莲[2]的修女

从克罗宗[3]到坎佩尔[4]的车上

睫毛扑闪的声音引诱了大山雀[5]

那本搭扣的书，会从她交叉的双腿间滑落

所有女人之中那个守护大门的昔日的天使[6]

1　Les Halles，巴黎大堂，前身是拥有众多摊位的露天广场，被称为"巴黎之腹"。现为市区枢纽。

2　旱金莲是一种花朵为桔红色，花瓣为圆形的花朵。

3　克罗宗（Crozon）位于法国布列塔尼大区菲尼斯泰尔省，该省为法国最西部的省份，位于布列塔尼半岛西部，北西南三面环大西洋。

4　坎佩尔（Quimper）与克罗宗在同一省，两个市镇间大约1小时车程。

5　大山雀是一种活泼大胆的鸟类，头部的黑色在颌下汇聚成一条黑线，沿着胸腹一直延伸到下腹部，这道黑色"拉链"是大山雀的辨识特征。

6　推测指凯旋门上浮雕的自由女神。

让种种揣测从人力车之间通过

她为我指出那行沿着塞纳河排开的箱子，里面贮满了表
　意文字[1]

她踩在荷花的碎卵上，贴紧我的耳轮

所有女人之中那个在贝尔湖[2]底对我微笑的女人

有时会从马蒂格[3]的一座桥上向我渐渐靠来，卧倒的灯
　的长龙

那个在这派对上遗世独立的女人

穿着水母的礼服在光泽中旋转

她忽略了舞伴，还有他日日往返的愿景

所有女人之中

我回到了我的狼群，回到我感觉的方式

真正的奢侈

是白缎绗缝的沙发上

撕裂的星

我要那些夜的荣光，从你的月桂树上擦过

1　推测指塞纳河畔的售书摊，以绿皮铁箱的形式常年存在。
2　贝尔潟湖，简称贝尔湖。位于法国南部，欧洲最大的咸水湖，通
过人工运河与地中海相连。
3　马蒂格，法国东南部城市。在马赛西北约29公里，贝尔湖通地
中海的出口处。

那些系统的巨大外壳已经造好，隔三岔五地落成在原
　　野上
它们珍珠色的楼梯和古老玻璃灯笼的倒影
只以特制的眩晕来留我
这个为了不让任何事物从这巨大喧嚣中逃走的人
有时甚至蹬碎了脚掌

我在岩缝中拿着我的仁慈，大海在此
抛下骑着奔马嘶吼的群狗
良心在此，不再是国王斗篷下的面包
而是唯一一个用自己的余烬修补自己的吻

即使那些投身陌路的人
是因为把它误作了我道路的反面
我的路也早就搁浅在神话的起源
但风是忽然刮起来的，彩虹果实周围的那些铁丝网越摇
　　越凶了
对它们而言，我的宇宙早已渺无人烟

再不必留心那件永远不该结束的事情了
日与夜正交换它们的承诺
或者说恋人们在时间的缺陷中不断寻回并失去着他们根
　　源处的戒指

噢伟大的敏感运动，透过它，那些别的竟成为了我的

甚至那些被笑声养大的，置身暗井的

在黑莓灌丛里用目光张开一道猩红缝隙的

都来拖我去，拖我去这不知去向的无名之地

蒙上[1]双眼的你，不断抽离，再抽离

无论如何拍打，树荫都已埋在了我的身上

我美丽的加冕槲寄生[2]的伯拉纠[3]，你的头，高昂于所
    有低垂的面孔

菲奥雷的·约阿希姆[4]被可怕的天使押送着

直到今天的某些时候，祂们的翅膀还在一片片郊区挥动

在那里，渗出的烟囱诱使人们在温柔中达成一个更近的

1　bander 意为"蒙上"，此处应是双关，也有"勃起"的意思。

2　传说中，槲寄生既不来自天堂也不来自地下，因为它没有根，而是寄生在树上，就像是被神赐的奇迹一样。于是后来被各种习俗和传说赋予了精力、希望以及光明等含义，也即"金枝"。

3　伯拉纠（拉丁语：Pelagius，约360—420），罗马不列颠省教师，基督教神学家、平信徒修道士。他与希波的奥古斯丁辩论，认为人有完全的自由意志和相应的责任，因此被教皇控罪，定为异端，遭判处破门律，逐出教会。

4　菲奥雷的·约阿希姆（意大利语：Gioacchino da Fiore，1135—1202），意大利基督教神学家、历史哲学家神秘主义者。他认为圣子诞生后，圣父的时代即告终；圣灵时代到来，圣子的时代便结束。他预言，在这个新时代，中世纪的封建制度必然崩溃，教会的等级组织将被正义秩序取代，并来到一种"永恒的福音"统治之下的、人人平等的完美新世界。他的追随者后来都成为1209年亚西西的方济各建立的新方济会秩序的门徒。1263年，教会机构将他的思想宣布为异端。

解决办法

乔托[1]的七角玫瑰结构

埃克哈特[2]大师，我理性客栈的主人

在这里，黑格尔对诺瓦利斯[3]说，有了他我们就有了需

　　要的一切，然后他们离开了

有了他们和风，我就有了我需要的一切

1　乔托·迪·邦多纳（意大利语：Giotto di Bondone，约1267—
1337），意大利画家与建筑师。由于他认为宗教人物也是有血有肉
的人，因此着意创造了一种有阴影、肌理和透视感的宗教壁画风格。
其中，他在圣方济大教堂的宗教壁画在西方绘画史上占有极重要的
地位。他在斯克罗维尼礼拜堂画有拟人化的"七美德"与"七恶质
（七宗罪）"的壁画。译者对本段的理解是，几百年过去了,这两个"七
角结构"仍然是比"约阿希姆"的预言"更近的解决办法"。

2　埃克哈特大师（德语：Meister Eckhart，1260—1328），本名埃
克哈特·冯·霍赫海姆（德语：Eckhart von Hochheim），是一位德
国神学家、哲学家和神秘主义者。作为一个布道者，他的语言极为
大胆，看法偏离了当时的正统，比如上帝在个人灵魂中存在，而人
则可以通过与上帝结合而得到"神化"等等。教皇约翰二十二世将
他列为异端，而他反驳了这些指控。据说他在正式判决之前就已经
死亡，然而没有发现过他的埋葬地点，也没有死亡记录。

3　诺瓦利斯（德文：Novalis，1772—1801），原名格奥尔格·菲
利普·弗里德里希·弗莱赫尔·冯·哈登贝格，德国浪漫主义诗人。
他的父亲陷入了宗教迷狂，严厉地控制和支配着整个家庭。他的哲
学思想起源于费希特，与同样研究费希特哲学的黑格尔在哲学以及
诗学看法上属于同一路径。两人都曾在耶拿大学度过了重要的研究
生涯，虽然时间是错开的，而且选择了不同的写作策略。未婚妻索
菲之死后，诺瓦利斯与父亲一样沉溺于虔信派的传统之中，并深刻
地思考了人间与天国，救世主与人类肉身的关系，认为人同时存在
于内外两个国度，人应得到质的提升，这是他的浪漫主义的思想根
源。他的这种"否定神学"在很多论证方式上都与埃克哈特一脉相
承，在对神秘主义中自我主体的无神论辩护方面和对超越性的肯定
方面，黑格尔更是与埃克哈特的思想发生了汇合，从而让哲学思想
在对神秘主义中的上帝和神圣事物的直接知识中重新焕发了活力。

是的詹森[1]，我在等您严格的王子

这一定很冷吧

在世时便成为自己影子的，这唯一的一个

人们看到，那朵威胁着整个城市的痉挛之花从他的尘埃
　　中升起

是个执事[2]，名为巴黎[3]

被侵犯被压抑被制服的美丽的拉卡迪埃[4]

而你们先生们，早上好

好像是以盛大的排场，被两个女人是吗？纯熟地钉在了
　　十字架上

1　康内留斯·詹森（荷兰语：Cornelius Jansenius，1585—1638），
詹森吸收了圣奥古斯丁与约翰·克尔文的预选说教义，创立了天主
教的詹森派。其理论强调原罪、人类的全然败坏、恩典的必要和预定
论。1653 年，教宗依诺森十世将詹森主义派谴为异端，后因为受到
耶稣会强烈反对，詹森派被不断驱逐、制裁乃至绝迹。

2　执事，基督教的神职。传统的三级圣品制中最低的一级，在主教、
司铎之下。

3　此处的 Paris 指的应是弗朗索瓦·德·帕里斯（François de
Pâris，1690—1727），法国执事和詹森派人物，他被公认为是一位
圣人。在《一神论》教令颁布引起的争论中，他站在了詹森派一边。
他与四位主教一同发起反对教令的呼吁，并坚持不签署巴黎大主教
签署的妥协协议。他的神职生涯从此结束。从此，执事退隐到圣马
尔索一座陋室里，过着非常简朴的生活。他将兄弟给他的养老金用
于慈善事业，并自愿通过纺织工作增加施舍并自我忏悔，而苦修和
禁食使他过早地耗尽了生命。

4　拉卡迪埃达聚（法语：La Cadière-d'Azur），法国普罗旺斯阿尔
卑斯蓝色海岸大区瓦尔省的一个市镇。此外，这个地名也是上文中
执事（diacre）一词的变形，仿佛经历了一场"侵犯、压抑与制服"。

你们中的一个是来自拉多勒山¹的法兰斯²的老农民

在家中，在马拉³与教母安婕莉克⁴的肖像中间

告诉我，当你消失的时候，已为那些到来和将要到来的
  人们留下补给

以备长远之需

马蒂格沙龙，1940 年 9 月

海市蜃景（1940）

海市蜃景

清晨，山的女儿抱着一把白色蝙蝠做的手风琴

一天，这新的一天，让我想起我的一样东西

透明地排列在一个孔架上的玻璃管，盛放着所有颜色的
　　春药溶液

勾引我之前，它必须先行满足商贸代表的所有需要

对我而言，没有任何艺术品能胜过这片一望无际的杂草
　　组成的小小土地

一天，一个新的爱，我为那些因爱没有改换面孔而失爱
　　的人难过

就像在我苏醒时从无光的池塘里递我你一缕卷发的那条
　　鲤鱼

它不到百年之老，也没有对我隐瞒若要忠于自我便不该
　　知晓的一切

新的一天，我是否真的在你身旁入睡

我的确睡了，所以我戴上了苔藓手套

拐角处我渐渐看到的那个闪耀的坏橱柜，名为昨天

某些笨拙家具的真正用途，是隐藏出口

另一头，谁知道我们能否一起乘坐磁性的小船去见那
　　棵树

它的树皮下面写着

在这伟大的代数中只有我们对于彼此的孤独

某些家具，比填满了海底的泥沙还要沉

杠杆词[1]是对付它们的工具

那些从古老歌曲中脱身的词语，向着起重机[2]的壮丽景
 色飞去

在很晚的时候，如烟火般狂热地蜿蜒在港口

你听

我看见了

你用手指点燃的小精灵

打开一包烟的时候

大团的飞虫撒下时髦的盐

那么热心肠地让人相信，无须事事永恒

于是我听不见了

那个接电话时喜出望外地说着"喂"[3]的人

这多漂亮啊，这让你想起什么了吗

如果我是一座城市，你说你会是底格里斯河上的尼尼微

---

1 mots-leviers，即"关键词"，分开看是"词语—杠杆"。
2 原文为 paysage de grues，可能是双关，grue 有"起重机"和"鹤"
两种意思。因此这句诗在想象空间中也作为"仙鹤奇景"存在。另外，
写这首诗的时候，布勒东住在法国南部的卡马尔格（Camargue）附
近，这里覆盖着大片的湿地和沼泽，是观鸟胜地，以火烈鸟与鹤最
为著名。
3 Allô，接电话时专用的"你好"。

如果我是一柄工具，啊愿你是玻璃工人的吹管

如果我是一个记号，你会是铺在陷阱上的蕨被

如果我扛着一个重担，它会是许多哀鸣的鼬头

如果我必须择一条道路逃离夜晚，那么它是天竺葵的
　　尾流

如果我能不回头就看到身后，那么这是一枚鱼雷的傲慢

这多漂亮啊

光阴如电

是承认，我们已在一个梦中看见

市政洒水车在科里尼上将[1]冰冷的眼神下收拾行装

一条条灿烂的纱裙荡然无存

最后一个香纸推销员[2]

如今想着组起一支探险队，以捕捉那种绝迹的魁札尔
　　鸟[3]，是的一共只有四个样本

　　存活人间

众目睽睽，娱乐商们旋着的轮赌上空空如也

1　加斯帕尔·德·科里尼（法语：Gaspard de Coligny, 1519—1572），史称海军上将科里尼，法国军人和政治家。他是法国宗教战争时期新教结盟宗（又称胡格诺派）的代表人物之一，在圣巴多罗买大屠杀中遇害。此处指的可能是俯视着里沃利大街的科里尼雕像。
2　papier d'Arménie，直译应为亚美尼亚纸，一种燃烧以驱除气味的芳香纸。这种物品已经在二十世纪消失。
3　魁札尔鸟（Quetzal）属于咬鹃科，是危地马拉的国鸟。

这让人想起了什么呀

野草飞长的酒店里无数个大门的锁链，是时候

挥斥琴弓，让最般配的鞋子[1]像群鸟般一分为二了

罗斯县诺克法雷尔山[2]的玻璃堡垒光芒照耀

金褐色的楼梯上，铋[3]在华夫饼的蜂窝模具中结晶

一天，这新的一天，我想起了我朋友沃尔夫冈·帕伦[4]

　保存的某样东西

一根花白的绳子将世上所有类型的结都拴于一块板

我不知道它为什么远远溢出了教学上的考量，某个水手

　学校无疑主宰了它的构造

尽管人类的匠心在此成精，为小猴子们赐下一双深思熟

　虑的眼睛

但事实是没有一张书页具备这种咒术的美德，哪怕被人

　翻成黑面包，没有什么比这还要慈悲了

一个新的爱，但糟糕的是其他人只满足于崇拜

1　原文应为文字游戏：在原文的 les chaussures les mieux accordées 中，accordées 指般配（的鞋子），也指（弦乐的）合拍，与上文中"挥舞琴弓"这一动作应和。这里，"挥舞琴弓"可以把关闭的门一分为二。

2　诺克法雷尔山（Knock farrel），位于苏格兰高地，山上残存着一个矾化的铁器时代的堡垒遗迹，堡垒已经没有形状，只有碎片在地上闪耀着玻璃质地的光芒。

3　铋为银白色至粉红色的金属，不纯时质地脆、易粉碎，凝固时有膨胀现象。

4　沃尔夫冈·帕伦（Wolfgang Paalen，1905—1959），是兼有奥地利、墨西哥双重国籍的画家，雕塑家和艺术哲学家，超现实主义者。

这只生着玫瑰鳞片的空心兽，我很早就愚弄了它的警惕

山洞里，我开始看见周围的一切

清楚的风吹给我的，存在失落的香气

终于走出了它的象限

在这样的深度，我只听到冰鞋擦过的声音

有时，它的闪光会透射出镜柜倒塌[1]的全貌，还有那一
地的衣服

你在我心里，如同一颗钻石嵌入玻璃[2]

为我一丝不苟地剪开星宿间的索具[3]

两只互相寻找的手，对于明日的屋盖其实足够了

两只透明的手，你的手是祖先们抽我血的骨螺

但现在，跳动的桌布

靠的更近了，它被美酒的烈火舔过

填满空气的门拱，一口喝掉了树叶间的空隙

玩着野蛮思想的水渠

四处横流的游戏

在糖后，在迷人的

小匙撩动的流行惯例之后

---

1 armoires à glace 意思是"带镜子的衣橱"，而 glace 有"冰"的
意思，也和上文中对滑冰声的想象暗中呼应。

2 推测此处指的是手表。

3 与上文的手表对应，推测指的是时间一帧帧地在圆周内划过，同
时也指星宿图中为标示星座关系而在星间画出的连线。

升到咖啡表面的气泡

是被边缘湮灭之前

太多的迷路的吻

噢旋风比玫瑰要明智

旋风卷走的精神带我回到了儿时的妄想

即世上的所在无一不是与我有关

所写的

有关于我们的也有我们写下的

如果外缘不再与内缘复合

纸栅[1]该在哪里现字呢

游移的手掌

人类不可企及之处，还有更多的巧合

意义之夜里真正的信号灯

过分荒谬，甚至像是有意为之[2]

但人们淹没得如此彻底

所以不要指望他们抓住那根杆子

沿着蓝色蜂蜜轨道疾驰的床[3]

有中世纪的动物雕塑在透明地释放

它倾斜着，几乎翻倒在洋地黄的山坡上

1　一种用于阅读和书写密码文件的镂空纸板，也指纵横填字字谜
的填字格子。
2　原文中这个词也有特派的意思，指一对一的订购与派件。
3　结合后文，推测这座床与送矿的火车有关。

奥特兰托堡的巨大羽毛头盔¹中散发的一切

充斥在猛禽的眼神中

将它断断续续地照亮

沿着蓝色蜂蜜轨道疾驰的床

与变化多端的天空

与公园铁栏的黑桃匹配的天空竞速

舞女从柜台起身后，烟气美得愈发浓厚

这烧红了信号灯的床，无非是所有金鱼缸中的一个

它与变化多端的天空竞速

你知道的，与小小的铁轨没有什么共同之处

它在墨西哥的科尔多瓦²盘旋，让我们永不厌倦地探
　索着

中空的棕榈枝上喷出香气的栀子

又或者，我们听凭差遣的别处

以蛋白石与绿松矿作阶

展开这条日月经纬的丝绸，不，这疯转³的床不会就此
　罢手

1　参考霍华斯·沃波尔的小说《奥特兰托堡》(The Castle of Otranto, 1764)，通常被认为是第一部哥特小说。小说的开头是一个巨大的羽毛头盔从天而降，莫名其妙地砸死了奥特兰托领主的独子、婚礼上的新郎。这巨大的头盔喻示了命运，一系列怪诞的悲剧由此而来。作者的名句是："你若感受，世界便尽是痛苦；你若思考，世界便满是喜乐。"
2　科尔多瓦 (Córdoba) 是一个西班牙南部城市，附近盛产铜和铝。
3　原文应有双关：aiguiller 作动词是"扳道岔""使火车转线"的意思，而名词的 aiguille 在这里可以理解为"缝衣针"，与下文的织布机对应，同时后半句话也可以理解成"罗盘上疯转的指针"。

它是循环交错的织机，在人们心中涌出星球音乐的妄想

这烧红了信号灯的床，无非是所有金鱼缸中的一个

当它呼啸着掘入肉身隧道时

墙壁分开，国家登记簿上升起的古老金尘遮住视线

最后，一切都被大海运动卷走

展开这条日月经纬的丝绸，不，这疯转的床不会就此
　　干休

这是一出无休止的戏剧，瀑布拉起了一劳永逸的帷幕

告诉我

如何在别有用心的旅行中免受灾祸

即不对自己想去的地方投降

从这层树林中透出来的小广场，微妙地不同于一切别的
　　广场

它存在的意义是让现实世界的我们以某种角度穿过它

拥有这处弯曲的溪流，毫不相似于所有的溪流

它拥有一个我们无法偷取的秘密

窗户后面晕着微光的那个东西，在许多其他或多或少有
　　光的东西之间

发生的事情

对我们举足轻重，那么或许应当鼓起勇气

回来按铃

谁说人们不会张开双臂欢迎

但那谈何容易，人人都怕，我们自己

几乎也同样害怕

可我确信，在深锁的树林中，钥匙在玻璃窗格上转动

唯一的空地打开了

这份超越了我们的承诺，就是爱吗

豹蛾[1]模样的永恒的往返票

一个个按在雾豆荚上的手指，就是爱吗

从目眩神迷的大门中挤出陌生的城市

这些炼造了无限光芒的电报线，就是爱吗

一种不断重启的明亮[2]

与我们的夜车包厢同大[3]

你从高于阴影的地方来找我，我不是说千年红杉的体内

而是你的声音深处，它是迷失的小鸟那吱吱的短阶

俊俏的弊骰[4]

是侥幸也是厄运

猜赌时，所有眼睛围着一把撑开的雨伞[5]睁大

1　豹蛾，一种布满豹纹样斑点的大型蛾类，通常为白色黑斑。
2　原文应有双关：un brillant 除了"一种明亮"也有"一颗未经切割的钻石"之意，与"光芒"同样对应。
3　原文 de la taille 中 taille 既有"大小尺寸"的意思，也有"切割（钻石）"的含义。
4　原文此处的 piper 既有"在骰子上作弊"的意思（与后文呼应），也有"吹诱鸟笛捕鸟"的意思，后者和前文中"迷失的小鸟"呼应。
5　译者理解为用手指撮开的纸牌。同时，在室内打开雨伞也有不幸的含义。

那个吉卜赛女人时来运转了 [1]

我又双手合十赌在她身上

愿我在劫能逃

得把那个老瞎子从教堂的墙藓里赶走了

得把那些褪成黄色、绿色、蓝色、粉色的可怕书页统统

　撕了

他请你为他从胸膛上一一揭下

书页上那种多变而失血的花朵

谢礼是几个苏 [2]

但力量始终存在于

古老的语言，譬如琼枝，蛾眉

鹤发

而无论我们做些什么，海盗旗

从未在任何光心挥过

一个高大男子在一条危险道路 [3] 上行走

他并不满足于穿着工人的蓝衣服或戴着某个驰名罪犯磨

　尖的臂章

1　原文中这个词是吉卜赛小泥人的意思，这是一种宗教性的彩色陶人，可理解为好运灵符、迷信之物等。但结合整段，指的应该是这个吉卜赛女人凭借好运打了一个翻身仗。

2　苏，法国辅币。相当于今天的 1/20 法郎，即 5 生丁。

3　《布勒东在他的时代》一书（*André Breton en son temps*, pp. 106—107）中提到，这一大段内容来自布勒东做的梦。

狮子在右边伴着，海胆在手里拿着

走向东方

那里的松鸡已在蒸汽和浆果的闷响中膨胀

看，他试着横渡激流，水中的石头是剧院女看客们肩膀
　　的微光

慢条斯理，徒劳地旋着

我已经看不见他了但他又出现在对岸稍低的地方

他确定他还带着那只海胆

在他右边的那只狮子无恙[1]

他勉强触及的地面上，谬误[2]的碎片在劈啪作响

与此同时，此人匆匆走下一座楼梯，放他盔甲在这座城
　　市的心上

外面，人们正与无法持续的东西作战

众人之间这人又有何分别

所以他是谁，是什么让他自作多情

以让那无法持续的东西

　　　　　　　　　别再持续

说到不顾自己他已决意

效死勿去

否则生命将是一滴

1　原文的"无恙"在此处为英语 all right，与"右边"形成文字游戏。
2　faulx，原文此处为古法语。

荒谬的毒酒，在虞美人[1]的花丛上斟入百灵鸟的歌喉

朔风吹过的时候

与此同时[2]

这个在灯塔周围拉出铅丝笼[3]的人

小心翼翼地提起一串又一串海藻，舍不得回家

风已停了，就这样吧

更多的海藻又被搁下

仿佛他被禁止完整地发现一个年轻女人最私密的身体

那里延伸出一座有翅膀的结构

这里的天气一会儿阴一会儿晴

琵琶虾[4]的秋千架[5]

一个小小女孩神秘地问道

安德烈，你知不知道我为什么这么小[6]

一座金字塔旋即冲去远方

赴生，赴死，赴向那先于我并终结我的地方

1　虞美人是罂粟花的一种，在英国的国殇纪念日中，有佩带虞美人来纪念第一次世界大战阵亡士兵的传统，因此又称国殇罂粟花。

2　原文为英语 meanwhile。

3　捉捕虾蟹等甲壳类水生动物的条笼。

4　原文为 cigale，蝉蛄，但此处指的应是海螳蛄，即虾蛄，琵琶虾。此处一方面暗含着女性结构的联想，同时也应和了此段开头处捕捉虾蟹的桥段。

5　原文为 trapèze，可指杂耍演员的高空秋千。

6　原文为 résédise，一种硬币，以花园里的木樨为名，木樨也被称为爱之草。在布勒东做这个梦之前或者之后，布勒东的女儿奥贝问了这个问题。

坚石日光下的精美金字塔 [1]

用肉红色圈套捆在我这美丽的身体上

从棕色到金色

在秸秆与覆土 [2] 之间

是足以容纳一千零一口玻璃钟 [3] 的空间

那里有迷人的头颅 [4] 在无尽地复活

趁你入睡时，女人的额头接连不断地摸上你的肩膀

有些来自那么远的地方

男人的额头一样层出不穷

滑腻的龙须菜 [5] 打响了头阵

地膜下面进进出出的农人

一眼环抱了今夜从地心升起的全部高原

所谓新的一天，就是他与众生

在乡间的蒸汽中一览无余

是你我，在永恒的伪装下摸索前进

在历史绳结中，朱鹮木乃伊 [6]

---

[1] 仿佛在夕阳下日光熄灭的那个瞬间，必须归家了。

[2] 如严格按照原文，即为留茬地与堆肥层。

[3] 这种园艺性的小规模种植会把一颗颗蔬菜放在钟形的罩子下面生长，以保护幼苗不被鼻涕虫和蜗牛吃坏。

[4] 即蔬菜冒出的顶端。

[5] 原文为 ces chefs d'empereurs à la barbe glissante，直译应为"留着滑腻胡须的皇帝的头"。

[6] momie d'ibis，埃及曾出土过很多朱鹮木乃伊。

收起风帆般的举动是徒劳无功的，朱鹮木乃伊

从后院出去的东西会重新从前庭进入，朱鹮木乃伊

只有长大的小孩摆脱了身体错位的幻象，朱鹮木乃伊

结束灵魂的脱臼才会指日可待，朱鹮木乃伊

凭借拥有所有朱鹮木乃伊面孔的你

我以所有不复存在或将要存在的事物来寻回失落的统

   一，朱鹮木乃伊

朱鹮木乃伊无选择地穿越抵达我的一切

朱鹮木乃伊无条件地接纳我所知的一切

朱鹮木乃伊对我说恶与义是平等的支流

朱鹮木乃伊在顺势疗法[1]的箴言中滴下命运

朱鹮木乃伊的数量在阴影中化为质量

朱鹮木乃伊的燃烧在全部余烬中留下了一个红点

朱鹮木乃伊的完美召唤着不完美的生物们的无尽融合

雕像的外壳只从我中夺去了如绞刑架种子[2]这样不贵的

   产物，朱鹮木乃伊

我是开始发现自己既是维克多·伊曼纽尔又是日记中的

1　顺势疗法是替代医学的一种。顺势疗法的理论基础是"同样的
制剂治疗同类疾病"，意思是为了治疗某种疾病，需要使用一种能
够令健康人产生相同症状的药剂，类似于"以毒攻毒"。
2　原文为"绞刑架的种子（精子）"，推测此处指的是曼德拉草。
根据传说，曼德拉草是一种生长在绞刑架脚下的植物，由被吊死的
人的最后一颗种子在地上受精而生。

两个凶手的尼采，Astu[1]，朱鹮木乃伊

我必须把所有写过、想过、唱过的东西都只归功于我自
　　己，朱鹮木乃伊

我毫无保留的爱过这世上的所有女人，朱鹮木乃伊

我之所以爱她们是为了爱你，我唯一的爱，朱鹮木乃伊

在纸页飞拂的日历之风中，朱鹮木乃伊

为了在林中寻找一个休憩之处，朱鹮木乃伊

停在美味乳菇的小径上

呼，那只擦肩而过却没有看见我的蛇怪[2]

让它回来，我对准它的镜子

是为了自我耗费而作，人类在一阵抽搐中无可抑制的
　　欢愉

以金羽毛的飞溅告终

须以呜咽标记不止躯干的姿势

还有退缩，以及头的对抗

这个问题或多或少还是存在于编舞之中

1　这句话指的是尼采的最后一封信，写于都灵，寄给布克哈特，
日期是 1889 年 1 月 6 日。在这封信中尼采声称自己生来就是维克
多·伊曼纽尔（即尼采的名字）国王，并提及他站在两个罪犯的一
边（这两名罪犯在 1888 年 11 月的审判曾引起广泛的关注），而尼
采曾在一次通信中以 Astu 作为署名，它是一个希腊单词，本义是"家
乡"。1888 年，阿尔封斯·都德（Alphonse Daudet）发表的讽刺诗
中的英雄名为 Astier，署名也许出自这里。这段时期尼采的其余信
件署名基本上是"狄奥尼索斯"（Dionysus）以及"被钉死者"（The
Crucified）。（参考资料见 © The Nietzsche Channel）。
2　蛇怪，传说中的生物，任何与它目光直接相交的生物都将立即石
化、毙命。

当酒杯恰好是那对嘴唇

在掌控中

加速来临的时候

当人们淹没于生命的纤末事实的时候

我也不知人们在哪里找到了对狂热的疗救

但是盛产阿卜拉克萨斯[1]的那些古董陈列室

比太阳日还要邪恶三百六十五倍

那只公鸡的宗教蛋[2]

继续被蟾蜍虔诚地孵化着[3]

勉强用一根常春藤挂着的古老阳台上

凝望护城河的静水的人

无意中撞见了，它晦涩的涌进

都是佯装啊，佯装的无限魅力

再怎样怀疑都无可非议

信以为真的时候，一切会战无不克，而这是真的或者，

　　几乎是真的

可爱的电灯，只要想到它终会变黄，它就不会黯淡无光

1　阿卜拉克萨斯（Abraxas）是诺斯替教的神祇，阿卜拉克萨斯有人身和公鸡头，双足为蛇，是诺斯替教宇宙观体系中的至高存在，常常被雕刻在石头上当作护身符。然而基督教则认为祂是生出邪恶物质界的元凶，视之为恶魔、堕天使。
2　阿卜拉克萨斯的护身符几乎都是蛋形的。
3　被基督教视作异端的诺斯替教虽在公元六世纪消亡，但它的许多教义（例如极端二元论等）以及其衍生出来的诺斯替主义在今天仍有流传。

经过了崇高的斗争，苦难的确被赶出了它的一些领地

或者，还可乘胜追击

有些人甚至开始认为，人类

正在停止吞噬人类

这也并非不知所谓，尽管我们在这件事上收效甚微

不过，我会像照料闪闪发光的蛛网那样

照料这一连串的幻象

决不让它粘在我的帽子上

世上哪件随心所欲的事情，不是阳奉阴违，祸福无常

最好是最糟的抵消

夺目的火箭下

只需要闭上眼睛

就能寻回那张永恒的桌子

据说好戏继续

不论时局怎样

故事在巴伐利亚的伊萨博[1]的帽纱里开场

所有的蕾丝和轧光

都像今日艳阳下，在花店玻璃上翻筋斗的水一样潺潺
　　发亮

金色光泽的白色雄鹿从夏特莱森林中出来

1　巴伐利亚的伊萨博（Isabeau de Bavière，1370—1435），维特尔斯巴赫王朝的公主，自 1385 年至 1422 年为法国"疯王"查理六世的王后，查理七世的母亲。由于查理六世的精神疾病和英法之间爆发的百年战争，伊萨博趁虚而入，拨弄权力，在国家四分五裂之际被夺权流放。本段诗以电影镜头的方式描述了伊萨博和查理六世的故事。

眼睛的特写镜头抒发了夜鸟歌声的梦想

在那最后一束光线的斜角里，是一个显影的奥义

我还知道什么，我知道它还有哭泣的余力

战栗的双翼雄鹿，挺起宝剑袭向老鹰 [1]

可是到处都有老鹰

　　　　　　冲向他

　　　　　　　　　说起这个早有厄兆的男人 [2]

编年史家们为了一个避开他们的意图，固执地称他

穿着白色衣服，说起这个男人，当然他是找不到的

总之一支长矛落在头盔上，这里的配乐动魄惊心

所以时间到了你却不在的时候

所有理智便一走了之

在布景的阴影下，群众被允许注视那些伟大的筵席

人们总是喜欢品味台前的吃戏

馅饼里塞上野鸡

1　查理六世的纹章上有一只长着翅膀的牡鹿和一个光辉灿烂的太阳。

2　这几句应该暗指了1392年8月查理六世在勒芒附近第一次发疯的记录。那时国王正带着一支军队行进，穿越一片森林时，突然有个赤脚男人冲到了国王的马前，抓住他的缰绳大喊："别再骑了，高贵的国王，回头吧，你被出卖了！"国王的护卫队把他赶走了，但他始终跟在队伍后面并反复叫喊。当队伍走出森林时，一个被太阳晒得昏昏欲睡的侍从不小心滑脱了国王的长矛，长矛与另一个侍从携带的头盔相撞，发出了巨大的撞击声，于是查理突然打了个寒战，神志不清地拔剑大喊："向叛徒进攻！他们想把我卖给敌人！把我卖给敌人！"随即他策马挥剑，向身边的人劈砍，直到周围的士兵和侍从把他放倒在地。根据编年史记载，发狂期间，他至少杀死了自己的一名骑士，但具体死伤数字不详。

半是黑色半是彩虹的小丑掀起顶盖

穿着铃铛和欢笑的人偶衣服，四散开来

对比镜头中，旋转的饼皮迸射出枪火般的痕迹

叠化出燃烧舞会[1]的情节，紧随着雄鹿那一集的闪回

一个也许过分灵巧的男人，从巴黎圣母院的塔顶下来

在紧绷的绳索上起舞[2]

摆动的火把在天光下灿烂异常

五个野人的灌木丛烧成了有羽毛的太阳

其中四个甚至俘虏了对方

奥尔良公爵拿着火炬的手是不祥之手

人们总是记得它在把玩手套[3]

过了一段时间的某个晚上八点

这只手，这只手套，镜头切换三次

在至白的宫殿的景深里，马背上月光石模糊的魅影

拟人化了第二个道具光

金盏花[4]

---

1 燃烧舞会（Le bal des ardent）也被称为野人舞会（bal des sauvages）。1393年，在巴黎圣保罗官的一个舞会上，查理六世和他的五个同伴伪装成野人。他那身易燃的服装被他的弟弟奥尔良公爵路易一世拿着的火把意外点燃，令他险些丧命。在这场舞会上，其他五个"野人"被烧死。这次事件震惊朝野，王后伊萨博与勃艮第公爵菲利普等人的摄政团恢复了摄政，此后，法兰西的派系斗争进入白热化。
2 在1389年8月曾有一个小丑进行高空表演，他一手拿着火把，沿着一根绳子从圣母院的塔楼走到了另一座房子的屋顶。
3 1407年11月23日，奥尔良公爵路易一世被勃艮第公爵无畏约翰下令暗杀。关于这件事的记载中曾提到路易在骑马时玩手套。
4 原文为 souci，金盏花，瓦伦丁娜·维斯康蒂的象征。souci 在中世纪法语中的意思是"悲伤"。

在哭泣女王 [1] 的徽章上剧终

一切对我都是多余，一切对我徒劳无益 [2]

                    是的，如果没有你

太阳 [3]

                    马赛，1940 年十二月

---

[1] 这里指瓦伦丁娜·维斯康蒂，奥尔良公爵的妻子。布勒东在此将她称作女王而不是公爵夫人，是为了称颂她的美德。

[2] 这是瓦伦丁娜在守寡期间说的话：Rien ne m'est plus, plus ne m'est rien。

[3] 应指瓦伦丁娜·维斯康蒂死去的丈夫，奥尔良公爵路易一世。

1940—1943

祸水 [1]

我的箱子已经失掉重量，一个个标签是游走于池塘的
　　微光
倘若报废很久的夜班马车也可到达这一地带，是否也就
　　绰绰有余？
凡是鹌鹑的轮槽转过的地方，都结成黑色水晶
城堡摇晃而我发誓，一根闪电刚刚落在我眼前
在被剥夺了一切使其宜居之物的地方
我只看到狭窄交错的走廊
螺旋楼梯
瞭望塔尖
进出削成玫瑰的空气
在生有一抱灯心草的地方驱逐这些灯心草，是为了可以
　　躺下
建筑师对剩下的空间做起了疯狂的梦
车库，为容纳一千张圆桌而造
个个奉有配香槟的鱼子酱
晚宴上，与我同席的是一些蜡制胸像，每一个都比上一
　　个漂亮

1　原题为 frôleuse，在词典中的含义为"卖弄风骚的女子"，而这
里可以理解为擅长摄人心魂的女人。

可是一个活生生的像混了进来

是的确实如此，因为只有一张变幻着倒影的桌布铺在所
　　有的桌子上

对于困在这里的每一个真假女人的腰身而言

足够有隙可趁

凡在桌布之下或不存在于桌布之下的东西

都陷到音乐中去

我盼望的神谕，是一只皮鞋的试探

它比扔在草里的鱼还亮

小腿的试探，把矿灯挤作花束

膝盖的试探，把羽毛球顶到我心上

口角的试探，倾倒间溢出香气

一只起初稍微偏离的手的试探，与我手失控地形成了一
　　对翅膀的结构

噢半月板[1]

在所有被允许和禁止的出席者之外

象背上的柱腿在山洞里愈发缩细，直至薄如丝线

当生命仅是一只饮酒的白鹭

半月板，可爱的相切[2]之帘

除我以外你该明了，我将和你永不复见

1　这里采用了半月板的释义，但这个词语同时也有（液柱的）弯
月面、弯月形透镜的意思。
2　数学中的相切（正切）状态。适用于曲线以及球体。

平交道口 [1]

卜棒一挥，就有了花、血

落在冰窗上的光线

没有人

噗噗，人们意识到了空间在溢出

然后，空气的枕头滑进红豆草 [2]

雪崩抬起头

一块块石头里的肩膀隆然震动

多疑的水中，继续紧闭眼眸

从深渊升起的三重绉领

将成为衣橱的骄傲

站台仍被被无数线网裹覆

蝉的歌声拿着它的车票

女人咬着一颗蒸汽苹果

坐在一头巨大白色野兽的膝盖上

工作室里，桌台无声

月亮的刮刀刨平了锋利的树叶

磨盘吐出它的蝴蝶

到我写字的纸边

---

1 平交道口，指铁路和道路在同一平面上互相交叉的处所。
2 红豆芽，对蜜蜂而言是优良的蜜源植物。

透明的先驱

如今这些保险丝又在熔断了

乌贼挑衅地顶上窗格

阴影中的白衣小丑

眼睛揣在口袋

不知如何拉开他闪闪的排水格栅了

女人们闻起来有肉豆蔻 [1]

还有几种主要的香锭在款待它们的兄弟，风

穿着绞转那些伟大时日的裙子

学术名流们缝着失调的罗盘做成的纽扣

好好先生们是一片片证件，他们按照家族地位从上到下

  地相互敬礼

你要怎么办呢

    纽约。

---

[1] 一种常见的香辛料，原产于美洲、印度和东南亚的常见植物。常作食物和药用，肉豆蔻醚有轻微致幻效果。

叵测

橡树患上了一种严重的疾病
它们在夕阳下的一池尿光中
排出一大堆将军的头颅
然后干瘪了

心底

一张满目豪奢的餐桌

出奇地长

将我与我的真命天女隔开

在所有大小酒杯的星星里我只能隐约看见

她的身影倒悬

在一股风中泄出了胸口

战争

为了融入周围的一切

我看见那头野兽舔舐自己

它汹涌海色的双眼

突然化作拖入脏污与褴褛的池塘

这片总是捉住人类的池塘

腹内有个小小的歌剧院广场[1]

因为磷光会打开野兽的双眼

自我舔舐的

舌头

击向我们永远无法预知的地方

那是烈火交织的十字路口

我从炉底凝视的上颌

以一袋袋的灯管排成

皇家的蓝穹顶下

失去镀金的拱门一层层地透视变小

当公共广场上的这些赤膊的可怜虫在硬币的酸雨中吞下

　　煤油火炬时,他们的呼吸奔跑扩大直至无穷

年轻人已喂饱了数字

1　指巴黎歌剧院前面的小广场。

他们的献祭让野兽的脓疱辉煌

它的腹部遮护着光怪陆离的鳞片，如炮兵部队那般，每
　　一片都完美地转动在它的枢纽上

尽管它们对彼此的依赖，并不亚于黎明时斗殴的公鸡

从这摊屎浆骂到那摊屎浆

我们触及了意识的缺陷，尽管有人坚称救赎之日必将
　　来到

我谈论的那扇门就是在翅膀下舔舐自己的野兽

从中你可瞧到，一群毛贼在酒馆深处神经质地大笑

好心缔造的幻景从命于理性

如此的水银矿脉

一个囹圄就可吞掉

我感到野兽正向我转身，我看见闪电的污秽再度出现

雪白的薄膜！

桦林的细笔画之间是器质化的守望

闪电船头的缆绳垛里陷着一个女人，爱的辛劳将她妆成
　　一头绿狼

两座勃起的王冠，是野兽用爪子捧在心口吗？不，虚惊
　　一场

切来的马车，或者一记鞭子

当它甩动尾巴的时候，我尽量不跌跌撞撞

它黑金血污的褥草发出令人窒息的虎甲虫[1]的味道

1　虎甲虫吃起东西来一副狼吞虎咽相，因此得名。

这头野兽朝着月亮在狂烈的悲伤树上磨尖了一个角

以毛骨悚然的衰弱盘在一起

谄媚地

舔舐它的性器，而我只字未提

斗篷词

短梯 [1]

在作为月亮的词语面前

（即长颈路 [2] 的那些角）

穿透那层腐云 [3]

　　我要了一杯咖啡猫 [4]

　　……不是羊角包 [5]

这是个金柜子 [6]

装上了豆扣 [7]

为了全心的行动 [8]

1　见《鹭鸶》注 2。

2　girafenêtre，作者的拼合词，girafe 是"长颈鹿"，fenêtre 是"窗户"。

3　nuagenouillé，作者的拼合词，nuage 是"云"，nouille 有"软面条""窝囊废"的意思。

4　cafélin，作者的拼合词，café "咖啡"，félin 有"猫科动物"的意思。

5　croissntos–dumont，作者的拼合词，croissant 是"羊角包，可颂"，dumont，"杜蒙"，字面意义也可理解为"山"的。

6　espacétoine，作者的拼合词，espace 意为"空间"，cétoine 意为"金匠花金龟"，是金龟子的一种。

7　muscadenas，作者的拼合词，muscade "肉豆蔻、小球"，cadenas，"挂锁、扣锁"。这两句诗原本可以理解为"金龟子伪装成一颗肉豆蔻"，这里翻译成"金柜子装上了豆扣"。

8　neuve 同时有"新"和"数字九"两种意思，这里翻译成"全心的行动"，作为"全新的行动"。

忘了勿忘我者[1]

放在蛇结的垓心

这便是十字架了，四张逃开的嘴巴挂在红衣主教们的乳
　　房上

1　Oumyoblisoettiste 当中有"oubli"（遗忘）、"myosotis"（勿忘我）、
"-ettiste"（是指一个"者""人""对象"的词尾，如同"clarinettiste"
是"单簧管吹奏者"或者"marionnettiste"是"操纵木偶的人"）。

媚外者

暗灯 [1]

巨大的管风琴在此间落地，馥郁如一场雨：多么诡妙的车站啊，在数千道铁轨上纵横交错，在这么多的转盘上操作它的玻璃快车！以它白与黑的长矛，以飞溅着正午日光的披甲，以我从未见过的那些星星制成的古老战甲，无时不刻地冲锋着。阿布萨隆 [2] 深渊里的沃普尔吉斯之夜 [3]，酝酿已久的大日子！我来了！天光残遮之际，所有的水份立即扎透天空的帐篷，挂下一串串眩晕的索具，垂落的水滴，与高耸的绿色铜管乐器谐音。雨在竹子周围坠下它的玻璃灯管，坠进朱红色花朵的花托里，它们用吸盘抓牢了树枝，被两只血蝴蝶环绕的舞姿

1　暗灯，欧洲十九世纪一种有遮光装置的传统提灯，多为圆柱形，前方有可以开启或关闭的铁片，用来减少或扩大光束，使它不会因为行走而受到干扰。

2　推测指德国作曲家海因里希·许茨（Heinrich Schütz，1585—1672）创作的 269 号曲目《我儿押沙龙》（*Absalon, fili mi, SWV 269*）。该曲由 4 支长号 / 管风琴 / 大提琴合奏。曲子传达了大卫王在收到爱子押沙龙的死亡消息时的痛诉。这个故事可以在《撒母耳记下》中找到。从十五世纪到十七世纪，这段故事是作曲家们写"哀歌"的一个流行文本。

3　沃普尔吉斯之夜，一个以英国基督教传教士圣·沃普尔吉斯命名的古老节日，此节日如今已传播到欧洲各个国家。狂欢者们会在当夜点燃篝火，并扮成女巫和恶魔，因为人们相信这样能够驱除邪灵。这个节日被民间视作魔鬼狂欢节，又称"魔女之夜"。此外，《浮士德》中亦有同名戏剧。

所教导，如此一分钟罢了，每个花苞都像日本花 [1] 一般地在碗底绽放，一线空地随之裂开：趋光性用它的尖头鞋和螺旋指甲一跃而出。它捉住了所有的心，用一根羽毛抬起含羞草 [2]，而它所晕眩的蕨卷呢，其灼热的齿环是时间的轮子。我的眼睛是椭圆中央的一朵紫罗兰，羞闭在鞭子的尖端。

1941 年 8 月

---

1 水中花，源自日本，把一种折起来的纸花放在碗底，加水就会在瞬间绽放。
2 含羞草的花像是绒球。它的叶片为羽毛状复叶互生，呈掌状排列，很像蕨草。受到触动时，它的小叶片会闭拢。它可以预测天气的晴雨。遇水时它会蜷缩起来，晴朗之后便会开放。

海地的夜晚……

海地[1]的夜晚，黑仙女们撑着赞比西河[2]的独木舟，挨个儿地从眼睛上方七厘米的高度经过，火光与山丘同行，一座座钟楼之上，是风信鸡之间的战斗，还有伊甸园的美梦，在核爆的周围耀武扬威[3]。林飞龙[4]在这些钟楼的墙脚下布置了他的"vêver"[5]，那是变化无穷的幻之光，它从热带自然鬼斧神工的彩色玻璃窗上掉下，照在一个自由无碍的精神之上，并从中激起宿命的众神

1　海地位于美洲加勒比海，海地的原生种族是印第安土著民族阿拉瓦克人，在西班牙人入侵后灭绝，此后白人殖民主从非洲大量引入黑奴到海地，乃至其人口完全黑人化，海地随后成为第一个非裔黑人主导、奴隶起义建国的国家，至今仍在寻求非洲联盟的承认。

2　赞比西河，非洲南部的第一大河。

3　推测此处是影射欧洲国家在"二战"时期开展的核裂变研究和核美梦。

4　林飞龙（西班牙文：Wifredo Óscar de la Concepción Lam y Castilla，1902—1982），另一译名为威尔弗雷多·拉姆，古巴超现实主义画家，他的画作以超现实主义和立体派的风格结合了西印度群岛的宗教和神话。他的父亲是来自广东的华人移民，母亲有西班牙人、印第安人和黑人血统。林飞龙曾于西班牙学艺，西班牙内战爆发后游历法国，结识了毕加索，并由此与当时的法国评论界和艺术界的众多人士结识。其中，他与安德烈·布勒东接触最为密切，在希特勒发起侵略之后，林飞龙与布勒东和几个伙伴离开法国，一同去了西印度群岛（包含了海地岛区域）的马提尼克岛（根据资料推测是在1940年左右），并在当地逗留了一个多月。此篇目应包含了对这段经历的某种回溯。

5　海地宗教的术语，指的是oungan祭司（海地伏都教中的男性牧师）在地上用面粉或灰烬围着柱廊的中心石柱（即post-mitan）画的象征图画，用以召唤灵魂，每个巫毒教的神或人物都有一个能够表现其声音的特殊vèvè。

之像。在这样的时代，瞧见一个用翅膀扇开大门[1]的角[2]神，神气活现的十字路罗瓦 (loa) ———古巴的埃雷古阿[3](Elegguà) ———并不让人如何惊讶。仅此一份的证词，像在树叶的天平上称载似的，永远瑟瑟发抖，在打造今日神话的池塘前面，有白鹭起飞，林飞龙的艺术，从生命泉眼映出神秘之树 (我指的是坚韧不屈的种族之魂) 的点上涌现，为了用星星浇灌那个未来，它应是人类更高福祉的所在。

1946 年 1 月

1　推测此处指的是打开阴间的大门。

2　罗瓦是海地伏都教的神灵，这里指的是掌管十字路口和守门 (也守护上述的石柱) 的罗瓦雷格巴老爹（Papa Legba）。他通常以一个挂着拐杖、带着宽边帽并抽着烟斗或泼水的老男人形象出现，他掌管沟通、话术和理解。通晓所有人类的语言，并且可以帮助人类与灵界沟通。

3　埃雷古阿是古巴的神祇，但在整个南美都具有影响力，同样是掌管道路和命运的神。

最微薄的赎金

在伊丽莎[1]的国度

你啃噬着地图册上最芬芳的那枚叶片

        智利

月蝶[2]的毛虫

你的一整个结构都贴合着

月球与大地之间破裂的柔疤[3]

          覆雪的智利

如一张佳人起身时委地的床单

在从所有永恒中揭开你我宿命的

那道闪电之中

        智利

我星体图中七宫的月亮

1　伊丽莎·布勒东（Elisa Breton, 1906—2000），出生于智利，法国艺术家和作家，布勒东的第三任妻子。他们于 1945 年结婚，直到布勒东 1966 年去世为止一直生活在一起。
2　它是一只杏仁绿的大蝴蝶，大约在午夜时经过，停在了钢琴的 G 键上。直到回美国以前我都不认识这种蝴蝶。不久之后，它在树林中的一所房子里拜访了我。在我看来，它的到来和强调似乎是种预兆。——原注
3　此处为意大利语："地质学家们已经发现了一个额外的事实，为太平洋盆地实际上是地球表面与其卫星分离留下的'洞'的假说提供了有力的依据。"（乔治·伽莫夫《地球传记》）——原注

我看见南方的维纳斯

不再从海的泡沫

而是丘基卡马塔的蓝色矿流中诞生

        智利

月坑中的阿劳卡尼亚[1]的耳环

你给女人的最美的雾之眼

以兀鹰的羽毛沾过

        智利

其安第斯山脉的注视无可挑剔

把我心的管笙与船帆高挂的钟乳石的刺音

向合恩角

调谐

        智利

站在一面镜上

将她独持的东西还我

含羞草的细枝仍在琥珀中发抖

     勘矿者们的智利

我那些爱的国

1　丘基卡马塔是智利北部的矿业城市，拥有世界上最大的露天铜矿。而阿劳卡尼亚是智利从北到南数的第 9 个大区。

柯尔瓦 [1]

你不像任何人那样屹立

一旦超出生命你便被捉住

放回原处

你朝公园的此方或是彼方摇晃铁门我无从知晓

你把蛇草举在心上

将极乐鸟 [2] 永远锁入嘶哑的天堂

你的眼根有神通

你坐着

我们也一样坐着

在我们面容的皿钵里

头颅还可维持几日

我们的一切行为都在身前

臂的端点

1　柯尔瓦（Korwar）是一种古代风格的神圣雕像，主要在美拉尼西亚（西南太平洋群岛）制作，当地人相信他们的保护神寄居在这种雕像中。布勒东本人的收藏中就有一个新几内亚地区的太平洋艺术雕像。他曾在太平洋艺术展的目录册的前言中写道："这些主题是空灵的，它们是我所知道的最具有灵性、也是最凄美的主题……大洋洲……这个词在超现实主义中享有了多么大的威望啊。它早已是我们心灵中最伟大的流域之一了。"

2　极乐鸟，即天堂鸟，主要分布于新几内亚及其附近岛屿。它们的长相非常漂亮，叫声却不美，甚至难听。蛇类是幼年天堂鸟的天敌。

在子孙后代的螺旋藤蔓[1]里

你用存在主义唬住了我们

瑕不掩瑜的你[2]

1　可以理解为血脉、基因的传承。

2　直译应为"你没有被虫子刺伤"。但原文的 ne pas piqué des vers 在法语中也有"不坏""不算毫无优点"的意思。

乌力 [1]

你当然是个伟大的神

我旁若无人地凝视的你

造人的土与血还穿在身上

你是个目不识丁的农民

为了恢复原状，你吃相如猪

通体裹满人的污垢

我见你藏入其中直到埋住耳孔

变得失聪

你从贝壳的基底觊觎我们

造物已让你高举双手，而你仍在威胁

你是骇异，你是奇迹

1　乌力（Uli）是代表着太平洋酋长的古雕像。布勒东自己收藏的一个乌力来自新西兰。

笃笃 [1]

当笃笃铺满整个加泽尔半岛 [2]

当雨林向一百个升起的太阳开绽

翻涌的血气 [3]

便似火烈鸟般激散在

神断法 [4] 饱满的蒸汽中

恰如一辆裸体女人组成的车头

从抽泣的隧道出离

---

1 笃笃（Dukduk）是一个部落秘密社团，是南太平洋巴布亚新几
内亚俾斯麦群岛中的最大岛屿——新不列颠的腊包尔地区托莱人
传统文化的一部分。他们的宗教建立在太阳崇拜之上。这个社会通
过其主持的神灵来实行一种法律和秩序。在祭祀舞蹈中，社会成员
根据舞者所戴的面具召唤男性神灵"笃笃"和女性神灵"图布安"
（Tubuan）。尽管有女性神灵，并崇拜女性精神，但所有舞者都是男
性，而妇女和儿童被禁止观看这些人物。笃笃成员戴着面具执行正
义，安排禁忌、宴会、税收和所有部落事务。在执行惩罚时，他们被
允许烧毁房屋，甚至杀人。自二十世纪初以来，该社会的做法已经
逐渐消失，笃笃舞者作为一个景象被保留下来。
2 加泽尔半岛（la péninsule de la Gazelle）位于巴布亚新几内亚
的新不列颠岛东北端，宽约80公里，向南逐渐变窄，西南通过宽约
32公里的地峡与新不列颠岛的主体部分相连。
3 原文 La sang ne fait qu'un tour 在法语中形容一种精神不安，指
心率突然加快，导致血液更快地从心脏流向肌肉，又从肌肉流向
心脏。
4 神意裁判，中世纪条顿族等施行的裁判法，令被告将手插入火
焰或沸水，若不伤，则定无罪。

高锥 [1]

铁路站 [2]

---

1 "笃笃"的面具就是一个包裹住头的圆锥体。而原文中的 Là-haut cône 应为双关，音同"拉奥孔"（Laocoön），拉奥孔曾警告特洛伊人把木马烧掉以免中计，但他和儿子最终被雅典娜派出的两条海蛇绞死，木马计成功破城。在《埃涅阿斯纪》中，维吉尔为拉奥孔写下的名句 Equo ne credite, Teucri / Quidquid id est, timeo Danaos et dona ferentes，意思是"不要相信这木马，特洛伊人 / 即使希腊人带着礼物来，我也怕他们"。这句话衍生成俗语"小心带着礼物的希腊人"，表示对方其实包藏祸心。

2 原文 gare 是另一个承接性的双关，既是火车站的意思，也有"小心！"的意思。根据上文推测，布勒东的意思可能是要小心这些戴着圆锥面具、具有其他目的的人。

提基 [1]

我在大海面前爱你

大海红若青色的鸡蛋

你引我到一处空地

空地软如鹌鹑

你压我在这女人的柔腹

如同靠着一粒珠色的橄榄

你予我平衡

你载入 [2] 我

依照我橡胶眼底的一切亲历之事

不问曾经未来

1　提基（Tiki）神像。提基是一个或大或小的人形木雕、普纳木雕或石雕，代表波利尼西亚文化崇拜的神化的始祖人类，提基的名字来自毛利人对第一个人类的称呼，它们通常用于标记神圣或重要场所的边界。布勒东的收藏中有两个提基神像。但后来这一图腾由于过分的挪用和商业化而被批评为一种殖民性的怀旧。

2　原文为 Tu me couches，直译应为"你卧倒（倾倒）我"，但也有"你写入（载入）我"的意思。

拉诺卡乌 [1]

这世界多美啊

希腊从未存在

他们断不可行过 [2]

我的马在火山口寻找它的一餐饲料

鸟人 [3]，躬身的游泳者

在我头顶飞舞因为

我也

在那里

四分之三陷身泥泞

向民族学家寻开心

在友好的南方之夜

1　拉诺卡乌（Rano Raraku），位于智利复活节岛南端的火山湖，复活节岛即巨石摩艾像的所在地。当地的原住民拉帕努伊人在历史上由于殖民和奴隶贩卖等原因曾经几乎灭绝，直到 1956 年原住民的生活才被解除限制。

2　原文为 Ils ne passeront pas，直译应为"他们绝对不能通过"，也译作"誓死坚守"，是一个表达对抗敌人决心的标语，在二十世纪上半叶的几场战争中多次被使用，时常出现在明信片上。

3　鸟人是复活节岛一年一度传统竞赛的获胜者。拉帕努伊人每年会聚集在村子海边，从每个部落里推举出一人，游到对岸的岛礁上寻找当年的第一枚鸥蛋。而第一个找到鸟蛋游回来、爬上海崖、到达崖顶的奥龙戈村（即拉诺卡乌大火山湖旁边的鸟人村）的人便是当年的鸟人。他的氏族以及其本人都将获得权利和贡品，而这个人会在数个月的时间内过上圣人生活。鸟人崇拜在十九世纪六十年代被基督教传教士镇压，鸟人村也已成为遗迹。

他们断不可行过

平原硕大

前进者是可笑的

魁岸的像[1] 倒下了

1948

---

1 摩艾石像。

遗忘部

听贝壳

你成为**黎明**¹的时候，我还没见到你呢

世界尚未开蒙

所有小船都在岸边摇晃

解开糖杏仁盒子上的丝带（你知道的）

一枚银梭游移在绯白相间之处

颤抖的我终于把你唤作黎明

十年后

我在午夜绽放的热带之花中

找到了你

一颗孤零零的雪晶从你双手的捧杯上滑落

在马提尼克²它被称为舞会之花³

1　这是一封安德烈·布勒东写给他女儿奥贝（法语名 Aube，"黎明"之意）的诗体信，写于 1946 年 3 月 17 日，从哈瓦那到新奥尔良的墨西哥湾海上。

2　马提尼克（法语：Martinique）位于中美洲加勒比海，于 1946 年 3 月 19 日成为法国的海外省，和布勒东写这首诗的时间只差两天。

3　原文为"fleur du bal"，没有严谨的对应物，而马提尼克的橙红色美人蕉（Le Balisier）是当地的常见植物，因而推测文中说的是这种美人蕉。前马提尼克大区议会主席、黑人诗人、作家、政治家艾梅·塞泽尔（Aimé Césaire）认为，这种花是黑人世界历史创伤的代表，是马提尼克岛的一个强烈的政治象征。而艾梅·塞泽尔本人是黑人政治和文化解放运动的先驱。1950 年，他要求欧洲对几个世纪以来白人在非洲对黑人犯下的罪行和暴行负责。由他引起的非洲解放运动是"欧洲征服整个非洲大陆的殖民主义时代"结束的开端。

你与它共济了存在的奥秘

风头无两的那滴露水，猖獗的虹色吞据了悉数一切

当你在臂弯里，在你头发的蝴蝶下入睡

当你从你薄荷记忆的源头

从它无底镜中相似莫测的波光处

抽出那根只能看清一次的别针

像凤凰一样起死回生的时候

我看见了我从未见过的东西

我心中所有的乳草蝶翅膀 [1]

都载着你的语言

你穿着一件你茫然不知的夏裙

它的所有方向都镶上了蓝色双脚的红色磁铁 [2]

所以恍若无物

海上，1946

---

1 马利筋属下的植物通称乳草，而且也有一种蝴蝶叫作乳草蝶。
2 马蹄形磁铁。

我会回来

不过我们到底在哪儿

我用两根手指擦净窗户玻璃

一只透明的狮鹫便探出头

将这认不出的街区穿透

夜幕已近，显然我们已经冒险很久了

悠着点，悠着点，你看

我告诉你，有个路牌就在左边

上面写着 [珍馐佳肴¹的必经之路]

计价器上跳出的一千七百法郎简直不可思议

该死的你什么时候才能看看地图

但是司机好像还在梦游

他把头转向右边，大声念着

[天地良心的康庄大道]²

好吧

对他而言这不冷也不热³

1　原文为 Rue quoi Rue-où-peut-être-donné-le-droit-à-la-bonne chère，而原文中的 la bonne chère 在法语中有美食的意思。

2　原文为 Rue-des-chères-bonnes-âmes。

3　在法语中是 "无所谓，随便" 的意思，和中文的 "不冷不热" 意思差不多。

更妙的是他提议再开一次

他的手已放在旗杆上

我们要去的是我忘记的地方

我们进入一家陈旧的烟草店

像海地的牧豆树[1]一样

必须分开厚厚的纱帘

柜台上有个生翅膀的裸体女人

把血倒入一只只缺口的酒杯

瓶签上有自由·垂钓者·冈丁的字样

那是但泽·埃维塔·德·马丁的白兰地

雪茄盒子闪耀着交火的画面

而墙上的奇迹是一个通风扇

女士，我们离乔希梅尼[2]还很远吗

可是，那位火荆棘的美人在指甲里照着镜子

房间深处的玩家们推倒窗玻璃的悬崖

折返了我们

路旁嵌着一行在造的房屋

尖顶是雌蕊，雄蕊如弧光灯般撑开

1　牧豆树，原产于墨西哥、南美洲和加勒比海地区，它是疟疾持续
传播的一个因素，已成为非洲、亚洲、澳大利亚和其他地方的入侵
杂草。

2　Chorhyménée 应该是一个作者造的地名，而 ménée 本身有"鹿逃
遁的路"的意思和"（风吹积成的）雪堆"的意思。

去圣罗马诺[1]的路上

诗是在床上写就的，同爱一样

它散乱的床单是事物的黎明

诗是在林中作成的

它有它必须的那种空间[2]

不是这种，而是另一种

   它被弯的眼神

   木贼的露水

   银盘中间那瓶湿润的琼瑶浆[3]的记忆

   以及海面上高高的电气石所指定

   这条精神险路

   骤然攀升

   一旦歇脚便顿生荆棘

别在屋顶上喧哗它

---

1 保罗·乌切洛（Paplo Uccello, 1397—1475）最著名的一幅画作《圣罗马诺之战》，其三联画中的一幅在卢浮宫，深受布勒东的喜爱。

2 结合本诗的倒数第二节的最后一句，本句可能是从填字游戏的谜面转化而来，因为"空间"也有"空格""间隙"的意思，因此推测谜底就是上节末尾以及最后一节中提到的"诗"。

3 一种罗马尼亚葡萄酒。

这很失礼：打开家门

或四处传唤人证

        鱼群，一墙山雀

        注入大车站的铁轨

        两个河岸的倒影

        面包的凹槽

        溪流的气泡

        日历上的朝夕

        金丝桃 [1]

爱的行为与诗的行为

与高声读报

是不相容的

        日光照耀的感觉

        是伐木斧挥连的蓝色闪光

        心形或笼形风筝的拉线

        海狸尾巴规律的节拍

        雷电的迅捷

        台阶上洒落的糖杏仁

        大雪崩

---

[1] 即圣约翰草，花朵是伞状的，花色金黄，纤细繁密的雄蕊呈束状散开。

幻影的房间

不先生们，不是所谓的第八法庭 [1]

也不是星期日晚上缭绕在军营的烟气

　　　　是在池沼上舞过的透明形象

　　　　女性身体的分界在墙上掷出的飞刀

　　　　明亮的烟圈

　　　　你的鬈发

　　　　菲律宾海绵的弧线

　　　　珊瑚蛇的缠绕

　　　　常春藤进入废墟的端点

　　　　它有它面前的一切时间 [2]

诗的紧拥正如肉体的紧拥

持续

就能挡住所有沦入世界苦难的地方

　　　　　　　　　　　　　　　1948

1　原文中的第八法庭（La huitième Chambre）是法院中负责处理
与税收和公共领域（市政当局、省、地区和国家的领域以及附属于它
们的公共机构、交通犯罪等）有关纠纷裁决的法庭。因为上一句的
"幻影" prestige，也有"威望"的意思。
2　可能是从填字游戏的谜面转化而来，谜底是"永远"。

充盈一道边缘（译后记）

> 有些人将恶心的面包喂给鸟吃，一定要将这些人打倒在地。
>
> ——《超现实第二宣言》

> 一个吻的世界中，我的世界／是那些硕大的壳／它们来自腹部亲水的天堂龟／逢夜必在爱中战斗／敌手是巨黑鼋／根的参天蜈蚣。
>
> ——长诗《水之气》

安德烈·布勒东是一个诗人。布勒东的宣言与举措对文艺世界的影响堪称疯狂，安德烈的诗作没有得到应该而具体的认识。本书启动于 2021 年的冬天，它是与安德烈·布勒东在 1916 至 1940 期间写下的这些诗作的相认，不过是以另外的语言，一种作为笔画而非字母的语言。

大家知道，布勒东是革命的先锋，运动的磁场。他不顾什么是"正确"。他握住文艺传统的身体，一次次削去它深陷的泥足。第一次，放弃象征主义，第二次，宣布达达已死，第三次，他拉出超现实主义的方舟，载上如艾吕雅，如阿拉贡，如达利一样的希望种子。这不断重来的抵抗，类似于每个熬过"一战"的幸存者，毕竟，谁会想到还有"二战"在前头等着呢？在炮弹飞洒的巴黎，布勒东把诗歌当成手指，写出一个巨大的"怎么办"。这是车尔尼雪夫斯基的《怎么办?》吗，还是列宁的《怎么办?》？艺术家们之所以追随布勒东，正因为布勒东是这样一个"有办法"的人。他不但像作家那样对时代提问，还像革命家那样勇于应对时代的问题。在文艺和革命的关系中，他没有厚此薄彼，一套制敌的招式从两种激情里得到发明：二十世纪二十到五十年代，布勒东在两次大战间创建超现实派，它强烈地在场，一洗文化制度的旧习，得到惊世骇俗的成功，从法国播向了世界。

可是人们对这套招式的好奇，总是大于那些苦炼的手指。安德烈坐在椅子上修改诗作的身影去了哪里？被奋进的口号贱斥下去的，是显得柔顺的诗歌，是如德里达所称的不在场的书写。书写而成的事物，总是与它的指示物，与现实之间有所间隔，间隔是生成的开始，也铰接了被遗忘的身体。

但最美的，在某些字母的间隔里／比正午星星的角还白的，那里的手／毁掉了白色的燕窝／为了让雨始终下得／很低很低，就连翅膀也无法插入／人们沿着间隔的手指登上的那些手臂，轻佻得连草地在池塘上织就的优美蒸汽也不足以映照／这些手臂什么也不能铰接，除了一个格外危险的，为爱而

246

生的身体

（诗《书写的走掉》，见《盈边》《白发手枪》一节。）

如此的间隔开放出无限的可能，它是一道永远有待于盈满的边缘。无数诗人有过这样的体验，在付印的时候，书写离自己而去，冷酷地一走了之。"我不会再看到这些了，因为有个不可思议的眼罩蒙住我／在这层层叠叠的伤口里，捉迷藏。"而诗人丢失的身体，却来到我们这里，等待着被阅读者拾取。我们所能做的，就是用懵懂的目光上前，把视线凝细些，往一首诗、一条附注的尺度上去够，集结到事物缩入词语的边缘。然后，在他手指停留的地方，我们看到了什么？

抛开语言与语言的意识（这个话题足以另起一些文章，这里至少还有三件形状分明、又让我们备感亲切）的东西：历史、人，还有爱。历史和人已经不陌生了，它们无时无刻地包围着我们，拥挤着我们，反过来说，正因为它们过于熟悉，才变成了健忘的材料。至于爱，听起来颇为神秘，但在布勒东这里，爱不仅仅是爱，爱也是一种深邃的价值教育。我们不需要思考就能理解的这三件东西，作为光亮的标记，有助于我们在这些浓暗的诗里穿行。

一个早期的例子是放入《虔诚山》里的短文《不牢靠的房子》。六十多岁的老诗人阿波利奈尔，无意中路过建筑倒塌的事故现场，救下一名晕厥的男孩，成为邻

247

里称赞的英雄。在这篇报道性质的简文中，蕴藏着两道恐怖的边缘：1.现实中的阿波利奈尔已因西班牙大流感去世，死于本文写下之前的三十八岁；2.差点死去的男孩名为小莱斯波尔（Lespoir），发音与希望（l'espoir）相同。这是布勒东虚构的一份饶有趣味的卷宗，假使阅览者心生疑窦，也许就会往它的背后瞧去。可是，一旦忍不住查阅了真正的卷宗，差异的游戏就会出现，事实来到幻想的边缘，与之产生激烈的间隔。这里的幻想不是事实外的空间，反而，事实成了幻想达不到的极限。被救活的希望，原来不是如实的记录，而是一份憧憬，死去的历史，则经过回忆化为了令人心碎的爱。

不受意识控制是"布勒东诗歌实践自动写作"中的一个美丽传说，但它的命名并不能概括布勒东的书写原则，反而意味着一种精湛的知识处理技术。1871年5月23日，巴黎公社运动末期的血腥一周，当凡尔赛军队为法兰西第三共和国夺回巴黎时，120名公社妇女保卫了布兰奇广场。这些妇女挡住了部队，然后精疲力尽、弹尽粮绝地撤退到皮加尔广场，无法撤退的人，则被当场处决。在《最后一次起义》中，也有这样一个布兰奇广场。这个布兰奇广场上太阳很冷，遍布残骸。当一封信抵达"我"时，残骸之中会浮出"我的勇敢"，"我"会发出从人们未听过的话语，这些话语将会燃烧，"我"一直在等待这封信，尽管它那样小，"我"希望这封信别在毒药中迷失了自己的路。这样的一首诗，只是"手术台上的一把雨伞碰到一架缝纫机"（对自动写作的经典表述）的状况吗？显然是否定的。对历史与记忆信手一握的征用？具有召唤意识的通灵？这些表述如自动写作一样不足以信赖，更重要的是，布勒东的书写具有某种存在的理由。布兰奇广场就是顺着这个理由爬到了我们的脚下。

类似的回音，在布勒东后期的诗作中越见越多，一个诡异的局部，细究起来，或许对应了一段惊心动魄的广阔历史：查理六世在一片树林里突然发疯，疑心遭到背叛，打死了他的骑士。疯王查理的野人舞会上，查理的弟弟奥尔良公爵不小心点燃火把，烧死了按照查理要求装扮的五个野人，引发了法兰西王朝的历史剧变。这是长诗《海市蜃景》的最后一个主题，我们有所发觉，于是在诗歌外部查明了这段真实记载。历史写满了男性的名字，但这段诗歌的视角却始于夺权的王后伊萨博，终于高尚的公爵妻子维斯康蒂。她们中的一个，对于神志不清的国王而言是清醒的，另一个，对于遭到刺杀的公爵而言是长命的，与此同时，她们也参与了这全部的事变与旁观。在表意的角度，她们的潜能超越了这对一疯一死的兄弟，在布勒东的书写中，她们具有了更长的标记结构，因而也具有了更高的权威与力量。

或许，意识的钩沉也好，书写的延伸也好，布勒东的知识追求的本就不是高度的表意，而是一种崛起的精神。这样的精神似乎有着古典的价值，也有着现代的价值。我们发现，他本人所有的经历，都在寻找这两种价值的奇怪交融："我们对世界不能妥协，不能宽恕。要将可怕的市场抓在自己手里。"[1] 不能妥协，但要抓住。这当中既有维斯康蒂颠覆丈夫的野心，也有伊萨博对丈夫忠贞的爱意。二战期间，布勒东被维希政府封禁，开启了流亡美国的生活。生活稳定后，他在大西洋群岛逗留了两年之久，写下了组诗《媚外者》。海地的赫克托·海波利特与林飞龙的艺术，因为布勒东的推崇而名扬四海，回到法国之后，布勒东开始与让·杜布菲一起呼唤世界对原生艺术的注意。每一次，这样的注意都是从诗歌流向公众的，诗意似乎可以提前接纳社会当时所不能的一切。从《维奥莱特·诺齐埃尔》《邮差薛瓦勒》到《媚外者》，布勒东的书写总是不偶然地停顿在这些所谓的"边缘"。女性、疯人和原始主义，接连被召唤到指下，接受布勒东的淬亮。这样一种连接的本身，既不能被划入致力于提升弱势者地位的后现代思想，也远称不上什么纯正的远古信仰。它只是依靠诗的形式批判了西方传统的社会价值，而这些诗的本身更在乎的是爱。历史、人，以及这种对于价值的爱，三者之间近乎狂热的调制，就形成了书写者布勒东的朴素魔法。

福柯曾在布勒东逝世之际接受采访，认为超现实主义的"体制"已为布勒东的形象戴上了非理性的面具，

---

1 《超现实主义第二宣言》，1930。

而现在需要增加的，是一个知识的布勒东的形象。"对布勒东来说，被迫进入知识的写作（以及被迫进入写作，反而是一种把世界推到它的界限之外，迫使它的知识）走向边缘，把它放到最接近于最远离它的东西的位置上的方式。这解释了布勒东对无意识，疯狂以及梦的兴趣。"[1] 表面看来，布勒东的踌躇满志开辟了全新的阵地，而这个阵地又为一个时代的创作者们赋了更大的自由，而实际上，这片阵地并不是新的。布勒东的知识型写作，是对于目前的巩固之物，对于社会管制、美学管制以及人们头脑中的思想管制的一种揭露。在这种揭露之下出现的地带，是人们曾经看见过的地带，也是历史跋涉过的地带。布勒东用文字激活了、丰沛了那些潜藏已久的事物，因为他认为这些事物对于人们的未来至关重要，这就是为何布勒东的知识与一种价值有关。

布勒东的诗仍旧是变幻莫测、晦涩难解的。这些幽灵般的文字既呼唤着读者的辨认，却又不可能得到真正的抵达。于是，猜测与可能就追逐着彼此，等待着彼此，在所指缺席的地方盘踞。但对于理解诗人布勒东而言，价值是更要紧的。他的书写是一种不断在世界与写作的交会之地发生充盈的运动。这种运动，正因为碰到了所指物的缺席，对同一性的疑问，以及在场的压制而无法达成彻底的充盈。价值就是打开生产的潜能，这里的生

1　安德烈·布勒东：一种知识的文学，米歇尔·福柯文，王立秋译。译文略有改动。

产就是掉头走向另一边的充盈。因此，在布勒东向世界发出超现实主义宣言的那一刻，或许就宣判了这种充盈状态的死亡。如同达达一样，它已无力走向另一边的充盈。但我们可以学习布勒东身上的力量，不必气馁，不必迟疑这次冒险，仍旧在差异中积极地释放着想象成分的，还有诗人安德烈的书写。对于《盈边》而言，向写作开放的世界，就这样被放在了最接近于最远离它之物的位置上。

唐珺

2023 年 8 月于北京

编译说明

　　这本诗集的翻译工作，以伽利玛出版社 2006 年版的诗选（*Poémes*）以及 1966 年阿兰·居富瓦作序版的四本诗合集（*Clair de terre, PRÉCÉDÉ DE Mont de Piété, SUIVI DE Le Revolver à cheveux blancs ET DE L'Air de l'eau*）为基础，部分注释参考了黑寡妇出版社的布勒东英法双语诗选（*Poems of André Breton*），收录有布勒东从 1916 年到 1948 年创作的精选诗作，包括《虔诚山》《磁场》《可溶鱼》《白发手枪》《水之气》《媚外者》《遗忘部》中的诗与选文，以及零散发表的诗歌如《自由结合》《盈边》《海市蜃景》等，共计 82 首。在布勒东的晚期创作中，还有完成于 1945 年致敬查尔斯·傅立叶的长诗《傅立叶颂》，以及散文诗《秘术 17》《连通器》《星丛》等重要作品，但因篇幅和题材等原因，未被一并列入此次翻译计划。

　　布勒东的诗句总在自由地运动，但它们是精密配比的产物，不是盲目与任性的串通。翻译的过程就像在攀登一条布勒东写过的"精神险路"，我总是感到自己困在某个奇异的绝境，却又在苛限处碰见了砰然开启的那道门。德里达曾写道诗是"记忆的经济"/"铭记在心"（apprendre par cœur）的合而为一，诗性是诗人从他者那里"用心学习"而来的东西[1]，本书附上的种种注脚，是对这种用心学习的学习，它们更像是我满怀感激的翻译笔记。各种内容也许多有可疑之处，甚至有奋力劳动时的异想天开，但我还是决定留下一部分供读者参考，以说明布勒东诗作中众多的隐秘可能，并期待读者注意到其晦涩地带的宽广。感谢一直支持我的好友陈美洁，每当我用不确定的句子咨询她时，她总是有问必答。感谢刘耘，她和我详细聊过其中几首诗的译文，她对翻译的态度给我很大教益，一份珍贵的纽带。感谢金子淇，她是这本诗集的第一个读者与建议者。感谢最初鼓励我翻译它的杨全强老师以及接受这份译稿的方雨辰女士，你们的善意包容了它的缺憾。感谢雅众文化让本书得到了出版，感谢拓野、启文、福林、亚楠以及管文老师的所有耐心修订和无私帮助。最后，尽管我已经竭尽所能地理解这些诗作，成书中必定还存在许多误解与疏漏，恳请读者与专家们指出，让它们能有机会在未来得到纠正。

---

1 Jacques Derrida, *Che cos'è la poesia*?

图书在版编目（CIP）数据

盈边 : 安德烈·布勒东诗选 / (法) 安德烈·布勒
东著 ; 唐珺译 . -- 北京 : 北京联合出版公司 , 2024.
9. -- (雅众诗丛). -- ISBN 978-7-5596-5045-0

Ⅰ . I561.25

中国国家版本馆 CIP 数据核字第 2024CG9436 号

盈边 : 安德烈 · 布勒东诗选

作　　者：[法] 安德烈·布勒东
译　　者：唐　珺
出 品 人：赵红仕
策划机构：雅众文化
策 划 人：方雨辰
特约编辑：拓　野
责任编辑：管　文
装帧设计：方　为

北京联合出版公司出版
（北京市西城区德外大街83号楼9层　　100088）
北京联合天畅文化传播公司发行
山东临沂新华印刷物流集团有限责任公司印刷　　新华书店经销
字数146千字　　1092毫米×860毫米　　1/32　　8.25印张
2024年9月第1版　　2024年9月第1次印刷
ISBN 978-7-5596-5045-0
定价：68.00元

版权所有，侵权必究

未经书面许可，不得以任何方式转载、复制、翻印本书部分或全部内容。

本书若有质量问题，请与本公司图书销售中心联系调换。电话：（010）64258472-800